KB238386

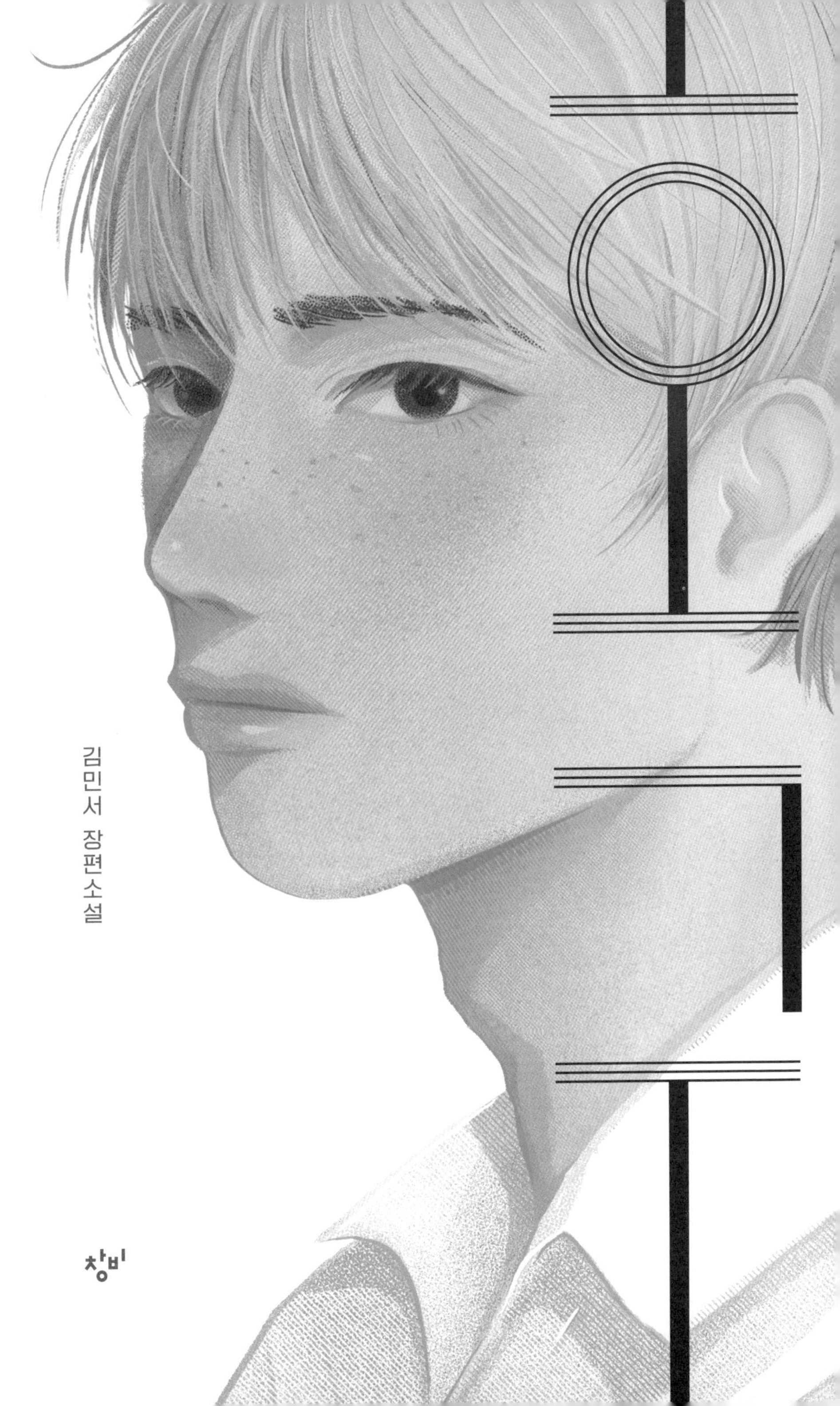

김민서 장편소설
창비

차
례

순하고 깨끗하게만 살았다.

좋은 사람으로 기억에 남고 싶었다.

하지만 순하고 깨끗한 것은 금세 잊힌다.

뭐든 더러운 것들이 더 오래 남는 법이다.

사람도 그렇다.

호구보단 개자식이 오래 남는다.

제1국

호구

1.

나는 할아버지 손에서 자랐다. 엄마는 외벌이를 하느라 매일 밤늦게 돌아왔고, 할머니는 내가 태어나기도 전에 돌아가셨기에 나를 돌볼 사람은 할아버지밖에 없었다. 아빠는 엄마와 이혼하고 난 후 한 번도 보지 못했다. 둘이 이혼한 이유는 알고 있다. 밤중에 오줌이 마려워 거실로 나갔을 때 우연히 엄마와 할아버지의 대화 소리를 들었다. 엄마가 말했다. 개자식이 우릴 버리고 그 여자한테 갔어.

그때부터 엄마에게 아빠에 대한 일을 묻지 않았다. 엄마는 내 침묵이 퍽 만족스러운 것 같았다. 거리낌 없이 아빠의 흔적을 지울 수 있었으니. 어느 순간 안방 거울 옆에 놓여 있던 가족사진이 사라졌다. 아빠의 전화번호도 삭제되었다. 이제는 지나가다가 길에서 아빠를 마주치더라도 얼굴조차 알아보지 못할 것 같다.

할아버지는 자연스레 아빠의 빈자리를 대신했다. 아빠뿐일까. 할아버지는 내게 엄마이기도 했고 하나뿐인 단짝이기도 했다. 우리는 늘 함께였다. 슈퍼에서 장을 보고, 밥을 먹고, 다 먹으면 목욕탕에 가 머리를 감고, 나는 할아버지의 휑한 정수리를 놀리고, 그럼 할아버지는 '요놈 새끼' 하며 화를 내고. 나의 모든 일상에 할아버지가 있었다. 할아버지의 모든 일상에도 내가 있었다. 그래서 우리는 서로에 대해 모르는 것이 없었다.

할아버지는 운동을 정말 좋아했다. 운동. 그건 나와 할아버지의 매일 아침 루틴이었다. 할아버지의 '육아 비법'이기도 했다. 할아버지는 매일 새벽 어린 나를 데리고 동네 공원에 갔다. 한번 나가면 서너 시간은 기본이었다. 엄마는 할아버지의 육아 비법을 탐탁지 않게 여기는 듯했다. 애 공부는 안 시키고 나돌아 다니기만 한다며 할아버지와 엄마 사이에 몇 번 언쟁이 오갔던 것이 어렴풋이 기억난다.

그러나 언쟁은 늘 할아버지의 승리로 끝났다. 할아버지가 소아마비로 휘어진 오른 다리를 두들기며 자신의 키를 들먹이면 엄마는 입을 다물 수밖에 없었다. 엄마는 나도 할아버지처럼 난쟁이가 될까 두려워했다. 140센티미터에도 못 미치는 할아버지의 작은 키는 우리 집안의 콤플렉스였다.

하지만 정작 할아버지와 공원에 가서 하는 운동은 키 크는 운동

과는 거리가 멀었다. 할아버지는 나에게 줄넘기를 시키지도, 이름 모를 운동 기구를 타게 하지도 않았다. 그 대신 내 손을 잡아끌고 공원 중앙에 모인 노인들 틈을 파고들었다. 노인들 사이에는 판때기가 하나씩 있었다. 격자무늬 판때기 위에는 희끗희끗한 노인들의 머리색을 닮은 흰 돌과 검은 돌이 가득했다.

할아버지는 비어 있는 판때기 하나를 골라 앉은 다음, 빳빳한 만 원 한 장을 걸고 돌을 두었다. 두었다는 표현보다 내리꽂았다는 표현이 더 정확할 듯싶다. 검지와 중지 사이에 돌을 끼고 한 번에 탕. 검은 돌이 나무판과 부딪혀 경쾌한 소리를 내면 그때부터가 시작이었다.

환호성이 들리면 나는 까치발을 들었다. 바둑판 위에 질서 정연하게 돌들이 늘어서는 모습을 보았다. 그러나 그 돌들이 어떤 규칙으로 움직이는지는 몰랐다. 바둑은 잡아먹고 잡아먹히는 게임이라는 사실밖에 나는 아는 것이 없었다. 누가 이기는지 누가 지는지를 알고 싶으면 할아버지의 표정을 보는 게 빨랐다. 어딘가 마음에 들지 않는 부분이 있으면 할아버지의 아랫입술은 지그시 입안으로 말려 들어갔다. 반면 일이 잘 풀릴 땐 하회탈 같은 눈썹이 크게 양옆으로 벌어졌다. 그날은 후자였다. 할아버지의 검은 돌 석 점이 둘러싸고 있는 곳에 맞은편 노인이 흰 돌을 두었을 때였다.

"이 양반아, 거긴 호구야."

할아버지가 검은 돌을 한 점 더 두고 그 속에 갇힌 흰 돌을 골라냈다. 맞은편 노인은 혀를 차곤 입을 쩝쩝거렸다.

"거, 참."

검은 돌 석 점이 세모나게 펼쳐진 모양을 호랑이가 입을 벌린 모양과 비슷하다고 하여 호구라 부른다고 했다. 호구에 들어간 돌은 살아날 방법이 없었다.

그날의 화장실이 검은 돌 석 점과 똑 닮았다. 나는 어리석게도 스스로 호랑이 입속으로 걸어 들어가서 그 말을 들었다.

호구.

그건 같은 반 아이들이 뒤에서 나를 부르는 말이었다.

체육복을 안 가져왔으면 김윤수한테 빌리면 되고, 하기 싫은 일은 김윤수한테 시키면 돼. 곤란한 척하면 다 오케이다. 보답할 필요도 없어.

"돈 달라 하면 돈도 줄걸? 호구 새끼."

호구. 그래, 그 말이 맞다. 나는 싫은 소리 한 번 못 하는 호구 새끼다.

2.

아주 어릴 적, 그러니까 아빠, 엄마, 나, 이렇게 셋이 살던 때에는 내 성격이 이렇게 물렁하지 않았던 것 같기도 하다. 엄마의 말에 의하면 나는 식당에서도 제자리에 있지를 않고 테이블 사이를 휘젓고 다니던, 소위 '악동'이었다고 한다. 그런데 엄마와 아빠의 사이가 그렇게 되고, 엄마가 일자리를 찾아 여러 지역을 전전하면서 과묵해졌다고. 엄마는 그 기나긴 과정을 "전학을 많이 다녀서 그래."라는 짧은 한마디로 정리했다. 새로운 환경에 던져진 내가 적응하기 위해 소심해졌다는 것이다. 엄마 말대로라면 소심함은 나의 생존법이었다.

그건 내 숨통을 조이는 생존법이었다. 오늘은 어떤 애가 나를 불러 세우더니 체육복을 빌려달라 말했다. 얼굴만 몇 번 본 옆 반 아이였다. 그럼에도 그 아이는 고개를 쳐들었다. 아래로, 아래로 점점 내려가는 것은 나였다.

체육복은 일주일이 지나서야 내 품으로 돌아왔다. 무르팍에 흙먼지가 져서 지지도 않았다. 엄마는 내게 옷 좀 곱게 입으라고 야단을 쳤다.

하지만 엄마는 아무것도 모른다. 내가 엄마의 생각보다 한심한 사람이라는 것도, 너무 한심해서 이리 치졸하게 산다는 것도.

3.

사람은 강한 것에 끌린다. 나 또한 그렇다. 강하고 멋들어진 것이 좋다. 하지만 그런 건 내 적성이 아니다.

거울을 들여다본다. 눈앞에 참 시시하게 생긴 소년이 서 있다. 튀는 구석이라곤 하나도 없다. 이마를 덮은 앞머리를 살짝 들어 올리니 뚱한 표정이 더욱 도드라진다. 인상을 찌푸린다. 전보단 사나워 보인다.

"주름 생긴다. 인상 펴라."

하지만 할아버지한테 금세 꾸중을 듣는다. 어쩔 수 없이 미간을 펴자 다시 순하고 맹해진다. 표정을 꾸며 낸들 본질은 속일 수 없다. 그리고 내 본질은 이토록 보잘것없다.

보잘것없는 채로 등굣길에 나선다. 조금 걷다가 으슥한 곳에서 벌건 불꽃 하나를 발견하고 멈춘다. 노란 머리가 있다. 권이철이다.

권이철이 손끝에서 타오르던 불씨를 나무에 비벼 끈다. 라이터를 주머니에 쑤셔 넣고 어슬렁어슬렁 수풀 밖으로 나온다. 나는 코끝에 스치는 냄새를 맡는다. 담배 냄새다.

4.

공을 튀긴다. 매캐한 냄새가 다시 덮쳐 온다. 권이철이 내 다리를 걸고 공을 가로챈다. 권이철이 오른 다리를 크게 내지른다. 골망이 흔들린다.

"나이쓰으!"

아이들이 단어 하나에 괴상한 음을 붙여 말끝을 길게 늘였다가 줄였다가 한다. 아이들은 그런 경박한 것에 환장을 한다. 욕, 거친 몸짓, 무례한 눈빛 같은 거에.

골이 터지자 일제히 골키퍼를 바라본다. 골키퍼는 멸치같이 마른 몸에 두꺼운 안경을 쓴 애인데, 이름은 잘 모른다. 하지만 별명은 안다. 아이들은 그 애를 이름보다는 '쫄'이라는 별명으로 불렀다. 쫄. 쫄보의 줄임말일 수도 있고, 쫄따구의 줄임말일 수도 있다. 어쨌든 둘 다 하찮다는 점에서는 다를 바 없다. 아이들이 공 하나 제대로 못 잡냐고 쫄에게 육두문자를 퍼붓는다. 너 같은 건 없는 게 더 낫겠다. 눈깔은 어디다 두고 다니냐. 듣다못한 선생님이 휘슬을 분다.

몰려들었던 아이들이 하나둘 흩어지고, 시합이 재개된다. 공은 빠르게 중앙선을 넘어온다. 이번엔 쫄이 공을 향해 용감하게 몸을 날린다. 공은 잡았지만 쫄은 속도를 낮추지 못하고 발라당 넘어진다.

"몸 개그 하냐?"

넘어진 쫄을 보며 권이철을 필두로 아이들이 크게 웃는다. 여기저기서 손가락질이다. 쫄은 잘해두 못해도 욕을 먹는다. 쫄의 얼굴이 점점 붉어진다. 쫄의 무릎도 시뻘겋게 물든다. 선생님은 쫄에게 보건실에 가라고 한다. 쫄은 절뚝절뚝 자리를 뜬다.

쫄이 사라지자 골문이 빈다. 누군가가 다음 골키퍼를 정하자고 말을 꺼낸다. 하지만 골키퍼는 인기 없는 자리다. 욕받이를 자원하는 사람은 아무도 없다. 그때 권이철이 손끝으로 다음 타자를 지목한다.

나다.

나는 끌려 나가듯 골문에 가 선다. 휘슬이 울린다. 공이 골문 코앞까지 온다. 눈을 질끈 감는다. 공이 얼굴 옆을 스치고 비웃는 소리가 들린다. 병신.

5.

병신. 온몸에 날이 선다. 손끝에 모서리가 생긴다. 모서리를 짓씹으며 병신 말고 다른 것들을 생각해 보려고 노력한다. 예컨대 텅 빈 집에 대해 생각한다. 엄마는 지난주 지방으로 공사를 하러 가서 오늘 저녁에야 돌아오고, 할아버지는 요즘 집을 나가 있는 일이 잦다. 무언가 특별한 취미라도 생긴 것일까. 아님 공원에서 또 바둑을 두고 있는 걸까. 저녁 전까지는 돌아와야 하는데. 들켰다가는 엄마가 또 잔소리를 할 테니. 하지만 할아버지는 엄마 잔소리도 한바탕 웃어 버리고 넘기겠지. 할아버지 목청이 어디 보통 목청이던가. 전국 팔도 장바닥을 휘어잡던 호랑이 목청인데.

목청만 좋을까. 할아버지는 셈도 빨랐다. 네모난 나무판 위의 구슬을 손가락으로 막 옮기더니 어려운 계산을 단박에 해내었다.

할아버지는 뭐든 잘하는 사람이었다. 왜소한 체구가 아니었다면, 멀쩡한 다리였다면 장돌뱅이로 전국을 떠돌아다니는 일은 없었을 것이다. 도무지 출신을 짐작할 수 없는 할아버지의 기이한 사투리가 세련된 서울말이 되었을 수도 있다는 뜻이다. 그럼 할아버지가 입버릇처럼 하는 말을 들을 일도 없었겠지.

"윤수 니는 내보다 훨씬 큰사람이 될 것이다. 암, 확실혀."

할아버지는 매일 나를 재우며 그렇게 말했다. 큰사람. 그건 할아버지의 오랜 꿈이었다. 할아버지는 커다란 것들을 동경했다. 하지만 그런 것들은 할아버지처럼 짤따란 사람에게는 주어지지 않았다.

신장 제한. 그걸 알게 된 할아버지는 경찰의 꿈을 완전히 접었다. 한참 뒤에 제한은 폐지되었지만 더 이상 그 꿈에는 미련 따위 남지 않았다고 했다. 하지만 나는 때때로 파출소 앞을 지나치는 할아버지의 눈이 어른거리는 것을 알고 있다. 조금씩 떨리는 입술도, 동동 구르는 작은 발도, 나는 전부 알고 있다.

할아버지가 내게 무엇을 바라는지도.

그러나 나는 할아버지의 생각만큼 대단한 놈이 아니다. 나는 변변찮은 놈이기에 큰사람은커녕 앞으로 할아버지 속만 실컷 썩이다가 그저 그런 어른이 될 것이다. 아니, 그저 그런 어른이라도 되면 다행이다.

병신.

도어 록 소리가 들린다. 곧 문이 열린다. 부르튼 손끝을 서둘러 등 뒤로 숨긴다. 그리고 할아버지에게 웃으며 인사한다. 할아버지는 아무것도 모른 채 마주 웃는다.

6.

할아버지가 요 근래 집 밖에서 무얼 하고 다니는지 알게 되었다. 하굣길에 4번 출구 앞을 지나는데 내 앞으로 전단지가 툭 튀어나왔다. 뻗어 온 손은 아주 낮았고, 잘게 떨렸다. 할아버지였다. 지금껏 집 나가서 무얼 하나 했더니 이런 알바나 하고 있었다.

할아버지는 전단지를 건넨 행인이 나인 줄 알자마자 기어들어가는 목소리로 운동 겸 돌리는 거라고 둘러댔다. 할아버지는 운동이라는 말을 지나치게 남용하는 경향이 있다. 뭐든 '운동', 그 두 글자만 붙이면 괜찮은 줄 안다. 눈앞에서 자기가 나누어 주던 전단지가 찢겨도 그렇다. 자기보다 오십 살은 젊어 보이는 사람들에게 무시를 당하는 모습을 손자에게 보여도 마찬가지다.

할아버지의 키는 남들의 반절이다. 아내도 사위도 없어서 가족도 반절이다. 우렁찬 목청만큼은 남들의 곱절이었는데, 할아버지 손에 들린 전단지와 푼돈은 그것조차 반절했다.

하지만 할아버지는 늘 내게 가난은 죄가 아니라고 말했다. 그러니 남들 눈치 보지 말고, 너 하고 싶은 거 다 하고 살라고.

하지만 가난하니까 무엇 하나 마음대로 할 수 없는 것이다. 할아버지는 장돌뱅이 짓을 하며 그 사실을 뼈저리게 느껴 왔을 거면서, 나한테 거짓말을 했다. 마치 내가 자유로운 양 할아버지는 나를 속이려 들었다.

하지만 할아버지를 원망하지는 않는다. 할아버지가 말하는 자유라는 것을 나도 할아버지도 제대로 가져 본 적 없으니. 자유는 모호하고 허무맹랑하다. 적어도 내게는 그렇다. 내가 바라는 것은 자유 따위가 아니다. 더 현실적이고, 언제 어디서나 존재하는 것.

힘.

힘 있는 것들을 떠올려 본다. 권력과 명예와 돈.

권이철의 아버지는 정치인이다. 이번 선거 때 또 지역구 국회의원으로 출마한다고 했다. 이번에도 당선되면 3선이다. 권이철의 어머니는 사거리에 있는 큰 피부과의 원장이다. 세금을 떼고도 둘이 합쳐 1년에 몇억은 족히 번다고 한다. 그래서 선생님들은 권이철을 함부로 대하지 못한다. 권이철이 머리를 노랗게 물들여도, 옆 학교 애들이랑 하루가 멀다고 싸움을 벌여도, 책가방에서 담배가 나와도 한두 마디 듣고 끝이다.

구깃구깃한 전단지 조각을 세게 쥔다. 땀에 젖은 전단지가 천천히 찢어진다.

7.

꿈을 꾸었다. 아빠가 엄마와 나를 버리던 날의 일이다.

아빠는 그날 집 안 집기를 때려 부쉈고, 엄마는 마스카라가 다 번진 눈으로 나에게 행복해지자고 말했다. 엄마가 집을 나와 처음으로 한 일은 아빠 호주머니에서 나온 립스틱을 버리는 일이었다. 엄마는 뭐든 버리면 행복해질 거라고 믿었다. 아빠는 나와 엄마를 버리고 행복해졌으니, 엄마도 버리면 행복해질 거라고. 그래서 아빠의 연락처도 버렸고, 사진도 버렸다. 이제 엄마에게 남은 아빠의 흔적은 나밖에 없다. 하지만 엄마는 여태 나를 버리지 못해 행복해지지 못하고 홀로 떠돌며 일한다. 할아버지는 엄마가 떠돌이가 된 것이 자기 탓이라 여기는 듯했다. 할아버지는 장돌뱅이, 엄마는 전기 기술자라는 사소한 차이를 제외하면 둘의 인생은 판박이였으니. 하지만 엄마가 떠돌이가 된 건 할아버지 탓이 아니라 내 탓이다. 그럼에도 엄마와 할아버지는 나를 버리지 못한다.

버려져. 번쩍 잠에서 깨어난다. 숨을 몰아쉬며 닭살이 돋은 팔뚝을 문지른다. 긁는 것일지도 모른다. 하여간 만지며 가방에 들어 있던 중간고사 성적 통지표를 꺼낸다. 그리고 거실 한가운데, 현관에 들어서자마자 제일 먼저 보이는 곳에 펼쳐 둔다. 스스로를 안심시키기 위함이다.

국어 95, 수학 97……. 엄마와 할아버지가 가장 좋아하는 숫자들이 늘어서 있다. 큰사람처럼 보이는 큰 숫자들이다. 숫자들을 하나하나 가슴에 아로새기니 기분이 조금 나아진다. 나는 연고를 꺼내 팔뚝에 바르며, 콧노래를 흥얼거린다.

8.

어른스러우며 성실한 학생입니다. 책임감이 높아서 맡은 일을 늘 묵묵히 해냅니다. 언행이 곱고 인사성이 바르며, 반 친구들에게 친절하게 대하는 등 타인을 위한 배려심을 가지고 있습니다. 가정에서 많은 격려와 칭찬 부탁드립니다.

엄마가 성적 통지표 하단의 개별 가정 통신 문구를 소리 내어 읽는다. 두 뺨이 발그스레한 걸 보니 퍽이나 기쁜 모양이다. 할아버지도 기뻤는지 우리 손주 장하다고 소리를 지른다. 그러자 얇은 벽 너머로 옆집 개가 짖는 소리가 들려온다. 저놈의 개자식은 꼭 좋을 때 초를 친다.

하지만 할아버지는 개의치 않고 꺼끌꺼끌한 수염을 내 뺨에 마구 비빈다. 엄마는 할아버지 팔을 붙들고 윤수가 애냐고, 곧 있으면 성인이라고 한 소리 늘어놓다가 새초롬하게 덧붙인다.

"선생님들한테 칭찬받는 게 한두 번도 아니고. 윤수가 언제 우리를 실망시킨 적 있어?"

"없지. 한 번도 없어."

엄마와 할아버지가 킥킥 웃는다. 나도 엄마와 할아버지를 따라 소리 내어 웃는다. 아득히 엄마가 오늘 저녁은 고기 파티라고 선언하는 소리가 들린다. 할아버지가 얼쑤 하며 추임새를 넣는 소리도. 우리 셋은 얼싸안고 어깨춤을 춘다. 맞닿은 피부가 따뜻하고 산뜻하다.

이렇게 평생 완전해야 한다. 그러려면 나는 더 완벽한 사람이 되어야만 한다.

속으로 되뇌는 사이 신나서 휴대용 버너를 들고 온 엄마가 프라이팬 위에 고기를 얹는다. 지글지글 익어 가는 소리가 들린다. 익어 가는 모습을 바라보고 있으니 엄마는 기름 묻은 손으로 내 머리를 헝클인다.

"내 머리 닮아서 똑똑한 거야."

할아버지는 싱글벙글 웃으며 대꾸한다.

"예끼, 내 머리다."

"얘는 내 배로 낳았는데 무슨 소리야."

"네가 나헌테서 나왔으니 요놈도 나헌테서 나온 거나 매한가지지. 다 내 머리라니께."

엄마는 어이구, 잘났어요, 하고 삐뚤빼뚤 웃더니 고기를 마저 굽는다. 할아버지는 개중 잘 익은 한 점을 내 앞접시에 올려 둔다. 나는 고기를 입에 넣는다. 조금 질기다. 그래도 맛있다. 할아버지는 내가 잘 먹는 모습이 보기 좋다면서도 아쉬운 소리를 한다.

"이거 참 소고기를 멕여야 하는디."

"요즘 돼지도 좋아."

"것도 삼겹살도 아니구."

"앞다리가 더 쫄깃하니 맛있다니까."

"에이. 개 풀 뜯어 먹는 소리 하구 자빠졌네. 사 올 거믄 많이라도 사 오든가. 쥐꼬랑지만큼 사 와서는. 먹는 거에 돈 애끼는 거 아니여."

할아버지가 엄마에게 핀잔하며 내 그릇에만 고기를 자꾸 올린다. 나는 할아버지야말로 일하시니까 많이 드시라고 실언을 한다. 고기 굽던 엄마 손이 멎는다.

"아빠 일해?"

나는 재빨리 입을 다문다. 그러나 때는 이미 늦었다. 할아버지가 식은땀을 흘린다. 엄마는 눈을 부라리며 고기를 굽던 집게를 탁 내던진다.

"일하냐고."

엄마의 닦달에 할아버지는 운동 겸이라고 둘러댄다. 또 그 소리. 엄마 얼굴이 일그러진다.

"일 같은 거 하지 말고 몸뚱이나 챙겨요. 나중에 병원비가 훨씬 더 나가."

집 안이 순식간에 고요해진다. 기름 튀는 소리만 간간이 들린다.

나는 고기 대신 상추를 입안에 한가득 욱여넣는다. 토할 것 같다.

9.

목구멍을 비집고 신물이 올라온다. 어제 먹었던 것이 아직까지 속에 얹혀 있다. 아무래도 체했나 보다. 식은땀을 닦고 있는데 문이 열린다. 먼저 교무실에서 나온 애가 다음은 네 차례라며 툭툭 친다. 나는 진로 조사표를 손에 꼭 쥔다. 심호흡 크게 하곤 노크 두 번. 교무실로 들어간다. 앉아 있는 선생님에게 진로 조사표를 건네고 하하, 헐겁게 웃는다. 선생님도 나를 따라 웃는다. 어색한 웃음이 잠시 이어지다가 멈춘다. 선생님이 진로 조사표와 성적표를 번갈아 본다. 그리고 사뭇 진지한 얼굴로 입을 뗀다.

"경찰대에 가고 싶다고?"

"네."

"왜 경찰이 되고 싶니?"

나는 섬세히 말을 고른다. 할아버지가 원해서요, 큰사람이 되고 싶어서요, 사회 정의 실현이요.

"힘없는 사람들을 도와주고 싶어서요."

사실 그딴 건 다 필요 없고, 그냥 힘 있는 사람이 되고 싶어서요. 누구도 함부로 건드리지 못하는 그런 사람이요.

"그래. 근데 입시는 혼자 하긴 좀 그렇다. 학교에서 해 주는 것도 한계는 있고."

선생님이 손끝으로 책상을 두드린다. 여기 보라는 신호다. 입결을 정리한 자료에 합격 커트라인이 적혀 있다.

"학원을 다녀야 하지 않겠니?"

선생님이 아주 조심스레 덧붙인다.

"혹시 가정 형편 때문에 못 다니는 거면 말하렴."

그 조심스러움이 거슬린다. 그러나 애써 미소 짓는다. 그랬더니 선생님은 내가 모든 것을 받아들인 줄 안다. 선생님 입이 점점 가벼워진다.

선생님은 나에 대해, 학교에 대해 떠든다. 어느새 출석부까지 꺼내 들고는 나와 비슷한 애가 있다고 한다. 선생님이 출석부의 끝에서 두어 줄 위를 가리킨다.

"온이 알지? 네 앞자리 온이."

눈에 익은 얼굴이 보인다. 비쩍 마른 안경잡이. 쫄이다. 사진 아래에는 '주온'이라는 글자가 쓰여 있다. 성이 '주'고 이름이 '온'이다. 빠르게 발음하면 쫄로 들리기도 한다.

선생님은 갑자기 쫄의 소심한 성격과 그로 인한 사교성 부족, 가난한 가정 환경 등 알고 싶지도 않았던 사실들을 나열하기 시작한다. 쫄의 가정 환경에 대해 말할 때는 내 가정 환경을 언급하기도 한다. 내가 쫄과 처한 환경이 비슷하니 서로 공감대도 있을 거라고. 선생님은 쫄과 나에게서 굳이 공통점을 찾아 엮으려 든다.

"온이가 다른 아이들이랑 잘 지내지 못하는 것 같아서 말이야."

그러면서 선생님은 쫄이 반 아이들로부터 괴롭힘당했던 일들을 읊으며 내가 쫄을 챙겨 주면 좋겠다고 덧붙인다. 선생님 부탁만 들어주면 생기부는 걱정 말란다. 조금씩 속이 뒤틀린다.

"선생님은 윤수를 믿어. 알고 있지?"

선생님이 미소 짓는다. 웃는 얼굴을 보자 구역질이 난다. 결국 교무실에서 빠져나오자마자 변기를 부여잡고 어제저녁 먹었던 것들을 그대로 게워 낸다. 그러고도 한참을 일어서지 못하다가, 종소리를 듣고 억지로 몸을 일으킨다. 입가에 묻은 누런 위액을 닦아 내고 손을 씻는다. 얼마 전에 물어뜯은 손톱이 아직도 까끌까끌하다. 흠이다. 이 나이 먹도록 손톱 물어뜯는 버릇 하나 고치지 못했다. 나를 보고 호구라 했던 아이들 말소리를 떠올린다. 이것 또한 흠이다. 나는 온통 흠이다.

10.

집에 오자마자 소화제 몇 알 집어삼키고는 낡은 침대에 몸을 던진다. 대자로 널브러져서 벽지의 꽃무늬를 센다. 저 잔잔바리 꽃무늬는 할아버지가 고른 거다. 어르신이라 그런지 화려한 게 좋단다. 그래서 우리 집은 꽃 천지다. 해바라기, 튤립, 장미……. 엄마는 옛날 싸구려 여관 같다고 볼멘소리를 내었지만, 볕이 잘 들지 않는 집에 가짜 꽃이라도 있어서 나는 좋았다. 엄마는 나와 할아버지가 쿵짝이 잘 맞는다고 했다.

꽃, 하니 불현듯 으슥한 곳에서 벌겋게 피어오르던 그 불꽃이 떠오른다. 매캐한 냄새와 희뿌연 연기, 나무에 동그랗게 남은 담배 자국도.

하나하나 되짚어가는데 초인종이 울린다. 휘청휘청 몸을 일으켜 문구멍을 본다. 우체국 아저씨가 우리 집 앞에 서 있다. 노크까지 하며 최혜진 씨, 최혜진 씨. 우리 엄마 이름을 부른다. 걸쇠를 풀고 문을 아주 조금 연다. 아저씨가 봉투 하나를 문틈 사이로 내민다. 뜯어 보니 독촉장이다. 빨리 돈을 내지 않으면 엄마의 자동차를 압류하겠단다. 이놈의 나라는 십 년은 훌쩍 넘긴 프라이드도 재산으로 취급하나 보다.

아저씨는 내게 사인해 달라고 말한다. 나는 천천히 손을 움직인다. 김윤수, 내 이름 석 자와 아들이라는 관계를 적고 문을 닫는다. 그리고 다시 몸을 누인다. 벽이고 천장이고 사방에 꽃들이 만발해 있는데 나 홀로 겨울이다. 오들오들 떨며 이불 속에 파묻힌다. 곰팡내가 난다. 나는 까마득해진다.

11.

"야."

퍼뜩 정신을 차린다. 짝이 나를 툭툭 친다. 나는 황급히 고개를 든다. 선생님이 입을 뻐끔거린다. 김윤수, 읽어 봐.

나는 자리에서 일어난다. 눈을 깜빡이고, 천천히 소리를 뱉는다.

아리스토텔레스에 따르면 모든 존재는 고유한 목적을 가지고 있으며 그 목적을 향해 움직인다. 인간의 행위도 목적을 가지는데, 그 최종적인 목적은 행복이다.

하지만 행복은 얄궂다. 남과 비교하지 않으면 내가 행복한지 알 수 없으니.

쉬는 시간, 교실 밖으로 향하던 쫄이 철퍼덕 넘어진다. 몇 차례 일어서려다가도 번번이 다리를 걸린다. 아이들이 킬킬 웃는다. 일종의 게임이다. 쫄을 일어서게 하는 사람이 지는 게임. 넘어진 쫄은 바르작대며 발목을 움켜잡는다. 쫄은 스스로 일어서지 못한다.

쫄은 가볍다. 몸집도 목소리도 어디 하나 온전한 곳 없이 가볍다. 무엇보다 존재감. 쫄의 존재감은 한없이 가볍다. 그래서 함부로 대해도 될 것 같다.

게다가 쫄은 지나치게 의기소침하다. 자기가 잘못한 것도 없으면서 늘 지레 겁을 먹는다. 작은 인기척 하나에도 소스라치게 놀라고, 무감한 눈빛 한 번에도 벌벌 떤다.

쫄을 보고 있으면 안도감이 든다. 그래도 내가 쟤보단 행복한 것 같다.

12.

점심시간이 되자 권이철이 쫄의 어깨에 팔을 두르며 힘을 실었다. 쫄은 짓눌리며 구부정한 자세로 딸꾹질을 하기 시작했다. 쫄은 자신을 얕잡아 보이게 하는 데 재능이 있었다. 아이들은 낄낄거리며 쫄 주변으로 모여들었다. 그리고 재미있는 장난감을 다루듯 툭툭 쫄을 쳤다. 나는 멀찍이서 쫄을 바라보다가 고개를 내렸다. 나의 앞자리. 쫄의 자리로. 쫄의 낡은 가방과 나의 낡은 가방이 겹쳐졌다.

악 소리가 들려 다시 고개를 들었다. 쫄이 자기 얼굴을 붙잡고 웅크리고 있는 모습이 보였다. 아이들의 손짓에 눈가를 얻어맞은 것 같았다. 안구가 빨갰다. 실핏줄이 터져 있었다.

쫄과 나는 다르지만 닮았다. 정말 종이 한 장 차이라, 작은 꼬투리 하나로 내가 저 처지가 될 수도 있다. 그러니 관여하지 않는 것이 상책이다. 이번에야말로 시선을 거두려는 때, 선생님이 앞문을 열고 들어왔다. 놓고 간 게 있다고 두리번거리다가 웅크린 쫄을 보았다. 얘는 왜 이러냐고, 선생님이 권이철에게 물었더니 권이철은 무미건조하게 답했다.

"지 혼자 생쇼 하는 거예요."

선생님이 혀를 끌끌 차다가 나를 보곤 손짓했다. 선생님이 입을 벙긋거렸다. 윤수야.

나는 어쩔 수 없이 쫄 앞에 서서 손을 뻗었다. 쫄은 화색이 되어 내 손을 잡았다. 쫄의 손은 뜨겁고 끈적했다. 쫄을 이끌고 문을 나서는데 아이들이 수군거리는 소리가 들렸다. 개중엔 내가 착해 빠졌다는 소리도 있었다. 내가 한층 만만해졌다는 뜻이었다.

착하다는 말을 곱씹으며 보건실 앞에서 멈췄다. 쫄을 문 안으로 밀어 넣고는 무의미하게 시간을 죽였다. 알싸하고 얼얼한 냄새가 문틈으로 흘러나왔다. 물러터진 것들에게서만 나는 냄새다. 할아버지 무릎에서도 저 냄새가 났다. 약 냄새. 약 냄새는 나를 가렵게 했다. 싸한 것이 목덜미를 들추고, 양팔에 오돌토돌 돌기를 세웠다. 그러면 등줄기는 서늘해지고 가슴에는 열이 올랐다. 더위와 추위가 공존했다.

나는 벽에 기댄 채 미끄러지듯 주저앉았다. 바닥 타일의 이음새를 눈으로 덧그리고 있으니 약 냄새가 한 번 더 강하게 훅 코끝에 스쳤다.

몸을 일으키자 쫄이 보였다. 한쪽 눈에 안대를 하고 있었다. 나는 쫄과 얼굴을 마주하지 않고 발을 옮겼다. 내 뒤 어디쯤에서 쫄의 발소리가 들렸다. 느릿하고 불규칙한 것이 꼭 할아버지 발소리 같았다. 할아버지는 키가 작고 다리도 성치 않아서 보폭도 다른 사람들보다 작다. 내가 세 걸음 갈 때 할아버지는 다섯 걸음을 가야 한다. 균형도 맞지 않은 왼 다리 오른 다리를 절뚝절뚝. 그렇게 길을 걷다가 힘에 부치면 나를 불렀다. 꼭 이렇게.

"유, 윤수야."

습관적으로 멈춰 섰다. 쫄이 헥헥대는 소리가 들렸다.

"덕분에, 그, 진짜, 고마워."

쫄은 그 한마디를 오래도록 더듬었다. 더듬다가 이를 드러내며 우습게도 웃었다. 나는 그 미소를 안다.

13.

할아버지가 어디서 삶은 달걀 몇 알을 받아 온 적이 있다. 그날도 어김없이 할아버지는 거리에서 전단지를 돌렸는데 어떤 젊은 총각이 힘드시죠, 하면서 주었다고 했다. 할아버지는 달걀 껍데기를 까며 어린아이처럼 기뻐했다.

"세상에는 고마운 일들이 많아. 이 계란 하나도 얼마나 고맙냐."

달걀 까짓것 얼마 하지도 않는 걸로 퍽이나 기뻐한다고, 내가 퉁명스럽게 중얼대자 할아버지가 대꾸했다.

"고 마음 씀씀이가 고마운 것이지."

그 달걀의 노른자에서는 썩은 내가 풍겼다. 그럼에도 할아버지는 고맙다고 다 먹었고 그날 저녁 응급실에 갔다. 의사는 할아버지가 식중독에 걸렸다고 했다. 할아버지는 달걀값으로 병원비 십만 원을 치르고 닷새를 꼬박 앓았다. 그 사태 후 할아버지는 그렇게나 좋아하던 달걀을 입에 대지 않는다. 그럼에도 할아버지는 꿋꿋이 고맙다는 말을 쓰며 미소 짓는다. 우습다.

14.

엄마는 우습게 보이지 않으려면 뭐든지 적당해야 한다고 했다. 적당히 친절하고 적당히 강단 있어야 한다고. 그 '적당히'가 제일 어렵다. 적당하지 않은 내게서 나오는 건 죄다 어색한 것들뿐이다. 어색한 웃음, 어색한 호응.

앞에 앉은 아이들이 수저를 든 채로 웃는다. 나는 씹던 것을 멈추고 따라 웃는다. 말없이 웃고만 있으니 옆에 앉은 아이가 내 의견을 묻는다. 나는 버벅대다가 혀를 씹는다. 내 생각 하나 제대로 말할 줄도 모른다. 낯이 뜨거워진다. 다행히도 아이들은 내 실수에 관심이 없다. 내가 혀를 씹든 말든 저들끼리 떠들고는 자리에서 일어난다. 나도 일어나서 아이들 꽁무니를 쫓아가다 구석에서 홀로 깨작거리는 쫄을 본다. 다른 애들은 다 한데 모여 있는데 쫄만 혼자다.

잠깐 서 있으니 아이들이 벌써 저만치 멀어져 있다. 나보고 안 올 거면 자기들 먼저 간다고 한다. 나는 종종걸음을 하며, 미안, 미안해. 지금 갈게. 그렇게 웅얼거린다. 창문에 내 급박한 얼굴이 비친다. 쫄보다도 내가 더 우스워 보인다. 나는 이를 악문다.

15.

우습게 하루를 마무리하고 집으로 돌아가는 길에 역 앞에서 할아버지와 또 마주쳤다. 할아버지는 전단지를 들고 한때 자기 꿈이었던 경찰에게 연신 고개를 숙이고 있었다. 경찰은 할아버지에게 "어르신, 요즘 여기서 이런 거 나눠 주면 불법이에요." 그러고, 할아버지는 온몸이 시뻘게져서는 죄송하다고, 죽을죄를 지었다고. 울 것 같은 얼굴로 그랬다.

할아버지는 나와 말버릇이 똑같았다. 호구도 유전일까.

16.

반면 권이철은 행동거지뿐만 아니라 걸치는 것도 무엇 하나 우스운 것이 없다. 무겁고 번쩍이고, 그런 비싼 것들만 몸에 걸친다. 권이철 신조가 그거다. 가벼운 것은 잡것이다. 잡것은 사람의 급을 낮춘다. 권이철이 새로 산 손목시계를 높이 들어 올리고 그렇게 말했다. 야, 급이 다르다.

시계는 권이철이 생일 선물로 부모님께 받은 것이라고 했다. 하단에 유명한 브랜드의 상표가 새겨져 있었다. 권이철이 손목을 꺾을 때마다 쇠붙이 부딪히는 소리가 쩔렁쩔렁 울렸다. 그 소리를 들으며 권이철은 한껏 웃었다. 입술 사이로 허연 이빨이 환히 드러났다. 권이철은 얼마냐 묻는 아이들에게 고작 삼백이라 답했다. 고작 시계 하나에 삼백을 쉬이 태운다.

'고작'이 붙는 위치가 나와 다르다. 권이철의 감각과 나의 감각 사이에는 아득한 격차가 있다. 나는 짐작도 못 할 감각이다. 어쩌면 평생 모르고 살 수도 있다. 그렇게 생각하니 그냥 웃음이 났다.

그런데 권이철은 내 웃음이 마음에 들지 않았나 보다. 자랑 소리가 멎었다. 시계를 짤랑이는 소리도 더는 들리지 않았다.

그 대신 온종일 뒤통수가 따가웠다.

17.

요새 계속 권이철이 나를 쏘아본다. 수업 시간에 엎드려 자기만 하던 녀석이 고개를 들고 있으니 모두 의아해했다. 수학 선생님은 저놈 눈 뜬 걸 보다니 해가 서쪽에서 떴냐고 농까지 던졌다. 권이철은 그 말을 농으로 받아들이지 않은 것 같았다. 선생님 앞에서 거리낌 없이 욕을 지껄였다. 선생님 미간에 주름이 잡혔다. 하여간 저놈 싸가지는 알아줘야 한다고, 깊은 탄식이 선생님의 입에 머물다가 곧 수식으로 뒤덮였다.

"로그 a에 x 제곱 뿌라스. 그래서 윤수야, 모든 정수의 합은?"

"27이요."

"그렇지. 맨날 엎드려 자는 저짝이랑은 다르네."

선생님이 만족스럽게 칠판을 지웠다. 권이철은 혀를 차고 교과서를 탁 소리 나게 덮었다. 그러고는 수업이 끝나자마자 내게 다가와선 이렇게 말했다.

"재밌냐?"

내가 멀뚱거렸더니, 권이철은 나보고 웃기는 새끼랬다. 할 말이 없어 멋쩍게 웃었다. 그러자 김이 샜는지 권이철은 헛웃음 짓고는 떠났다.

권이철 떠난 자리에는 돌연 권이수가 찾아왔다. 권이수는 권이철 다음 가는 양아치다. 권이수는 제 바가지머리를 매만지더니 내게 귀엣말로 수군댔다.

"그 새끼 표정 봤냐?"

맥락상 그 새끼는 권이철밖에 없었다. 내가 쉬이 대꾸하지 못하자 그 침묵을 무어라 해석했는지 권이수는 엄지를 치켜세웠다.

"잘했어."

참 요상한 칭찬이었다.

18.

그 후에도 이따금 권이철의 시선이 느껴졌다. 권이철은 내게서 무슨 건덕지라도 찾아내고 싶은 듯했다. 하지만 나는 시시하기만 하여 권이철이 기대하는 화려한 구석은 하나도 없었다. 그 사실을 확인할 때면 권이철은 실망감에 젖어 중얼거렸다. 존나 지루하게 사네.

권이철이 허탕을 칠수록 권이수는 내게 다가왔다. 권이수는 나의 지루함이 파격적이라고 생각하는 것 같았다. 파격적이어서 파급력도 있다고. 권이수는 내가 작정하고 권이철에게 엿을 먹였다는 착각을 하고 있었다.

오늘도 권이수는 제멋대로 내 자리에 찾아와 먼저 말을 걸었다. 하고픈 말이 뭐가 그리 많은지 내가 대꾸하지 않아도 혼자 진탕 말을 쏟아 냈다. 대부분이 권이철 얘기였고 욕이었다. 생전 그렇게 많은 욕을 그렇게 단시간에 들어 본 적이 없다. 권이수는 권이철을 칭할 때 늘 새끼라는 말을 꼭 덧붙였다. 그 새끼, 애새끼, 개새끼. 그런데 오늘은 스쳐 지나가듯 '형 새끼'라고 했다.

"형?"

되묻는 말에 권이수가 얼굴을 찌푸렸다.

"권이철이랑 형제야?"

"쌍둥이."

나는 눈을 끔뻑이며 권이수를 보았다. 권이수의 눈동자가 사정없이 흔들렸다.

"뭘 봐. 새꺄."

언젠가 권이철에게 들어 본 적 있는 것 같은 말을 권이수가 똑같이 내뱉었다. 나는 충동적으로 중얼거렸다.

“미안해.”

그랬더니 권이수가 색다른 표정을 지었다. 몇 번 우물우물 욕 같은 걸 내뱉다가 어, 어어, 어. 그러고는 마음 쓸 필요 없다고 했다. 마음 쓴다고. 나는 멋쩍게 웃었다.

19.

권이수는 자기가 권이철보다 딱 삼 분 늦게 태어난 이란성 쌍둥이 동생이라고 했다. 고작 컵라면 하나 끓일 그 삼 분 때문에 동생이 되어 이 수모를 겪는다고. 권이철은 제 손에 잡힌 것이라면 무엇이든 쥐고 흔드는데, 동생인 저도 예외는 아니라서 옷깃 아래에 지금도 퍼런 멍이 있단다. 권이수가 자기 멍을 보여 주는데 나는 자꾸 시선이 권이수 손목으로 갔다. 권이수 손목에도 권이철 손목에 걸쳐 있던 것과 똑같은 시계가 짤랑거리고 있었다. 쌍둥이라 똑같은 것을 생일 선물로 받은 모양이었다.

“차 보고 싶냐?”

권이수가 불현듯 말을 멈추고 손목을 들이댔다. 나는 도둑이 제 발 저린 양 고개를 저었다. 권이수는 씨익 웃더니, “짜식, 좋은 건 알아 가지고.” 하곤 시계를 풀었다. 나는 화장실 핑계를 대고 뛰었다. 도망치는데 짤랑짤랑, 머릿속에서 계속 소리가 울렸다.

20.

권이수와 얼굴을 맞대는 일이 껄끄러워졌다. 말소리보다도 시계 소리에 귀를 기울여서. 하지만 권이수는 내 속도 모르고 연신 짤랑짤랑거렸다.

"야."

퍼뜩 고개를 들었다.

"듣고 있어?"

나는 어, 어, 거리면서도 도무지 대답을 제대로 못 했다. 권이수는 삐졌는지 입을 삐쭉 내밀었다. 됐다, 야. 그러면서 자리를 뜨려고 했다. 나는 반사적으로 권이수 옷소매를 잡곤 미안하다고 그랬다. 권이수는 가만히 나를 내려다보았다. 그럼 나는 또 미안하다고 했다.

"너 그거 습관이냐?"

권이수는 질린 낯으로 잡힌 손을 빼내곤 더럽다는 양 허공에 털었다. 존나 이상한 습관이라고 중얼대는데 말문이 막혔다. 아무 대꾸도 할 수 없었다. 나조차도 내가 무엇을 위해 이러는지 모르겠으니까.

21.

그 최종적인 목적은 행복이다.

손이 멎었다. 분명 수업 시간에 한번 본 문장인데도 집중하지 못했다. 허공을 보고 있는데 할아버지가 방울토마토를 수북이 담은 유리그릇을 들고 방으로 들어왔다. 요고 좀 먹으면서 쉬엄쉬엄하라고, 말하던 할아버지가 내 얼굴을 보더니 말을 바꿨다.

"젊은 아가 왜 죽상을 하고 있댜."

할아버지가 내 두 뺨을 살짝 꼬집었다. 나는 여전히 멍했다. 보다 못한 할아버지가 내 입을 벌리고 토마토를 넣었다. 방울토마토가 미끄러지듯 입안에 들어왔다. 질겅질겅 씹는데 할아버지가 줄줄이 방울토마토의 효능을 뱉었다.

"요것이 몸에도 좋고, 또 맘에도 좋지. 공부하는 게 얼마나 힘드냐."

그리고 몇 마디를 덧붙였다. 옜다, 요놈. 내 마음이다.

할아버지가 내 입에 토마토 몇 알을 더 밀어 넣었다. 잔뜩 물고 있으니 웃지 않아도 꼭 웃는 것처럼 보였다. 나는 다물어지지도 않는 입으로 옹얼댔다. 토마토 몇 알이 만병통치약은 아니야, 할아버지.

"뭐든지 다 마음먹기에 달렸다."

하지만 할아버지는 아랑곳하지 않았다. 일어나서 또 토마토 한

줌을 씻어 왔다. 저게 다 할아버지의 마음이랬다. 할아버지는 마음을 참 크게도 썼다. 지칠 만도 한데, 늘 양손 가득 마음을 나눠 줬다. 그 마음을 삼켰다. 시큼한 맛이 났다.

22.

복도에서 우연찮게 권이철과 권이수가 실랑이를 벌이는 모습을 보았다. 처음에는 도란도란하던 권이철 목소리가 순식간에 변했다. 이 새끼가 형한테. 권이철 손이 훅 위로 솟았다. 새하얗게 질린 권이수가 소리쳤다. 알았다고, 미안하다고.

권이수는 도망치듯 복도를 내달리다 나와 눈이 마주쳤다. 권이수가 뜀박질을 멈췄다. 권이수 얼굴빛이 시시각각 변했다. 시뻘게졌다가 시퍼레졌다가 종국에는 새하얘졌다. 권이수는 한참을 붙박인 듯 섰다가 씩씩거리며 내게 그랬다.

위선자.

23.

권이수는 그 후 내게 말을 걸지 않는다. 권이수의 말소리 대신 수군거리는 소리 하나가 내 곁을 맴돌기 시작했다. 내가 위선자라고. 요즘 반에서 그런 말이 떠돈다고 같이 밥을 먹는 아이들이 말해 줬다. 덧붙여 자기들은 그렇게 생각하지 않는다고도 했다. 실없이 미소만 짓고 자리에 돌아와서 책을 펴는데 그 말이 자꾸만 귓가에 맴돌았다.

위선자.

맞는 말일지도 모른다.

하지만 쫄은 내가 정말 선한 줄 안다. 내가 선하여 자기를 동정하고 호의를 베푸는 줄 안다. 어쩌다가 인사를 건네면 버벅대고 움찔대다가 귀가 시뻘게져서는 고개를 숙인다. 쫄은 인정에 굶주려 있고, 그걸 곧장 티를 낸다. 그래서 쫄의 옆에 서는 게 싫다. 쫄에게 말 한마디를 건넬 때마다 나는 점점 복잡한 기분이 든다.

위선자, 위선자. 그 소리를 되뇌면서 펜을 쥔다. 소리가 커질수록 나의 숨소리는 점차 죽는다. 가슴의 고동도 고요해진다. 나는 정적 속에서 문제집을 넘긴다.

24.

야자가 끝났다. 금세 밤이 찾아왔다. 책가방에 문제집을 쑤셔 넣고 자리에서 일어선다. 내가 마지막이다. 자습실 불을 끈다. 컴컴하다.

어둠을 헤치고 걷는다. 텅 빈 복도에 내 발소리만 크게 울려 퍼진다. 조금 마음이 편해진다. 아무도 없는 것이 좋다. 호구든 위선

자든 혼자일 땐 아무 상관도 없다. 그러니 항상 곁에 아무도 없으면 좋겠다고 바라며 한 걸음 한 걸음 옮긴다. 운동장을 가로지르고, 교문을 나선다.

"윤수야."

골목 구석에서 엄마가 나를 부르는 소리가 들린다. 차창 밖으로 엄마와 할아버지가 고개를 내민다.

주변을 둘러보다가 재빨리 차에 올라탄다. 나 하나 올라탔다고 차가 심하게 덜컹거린다. 엄마는 내가 타자마자 시동을 켠다. 세 번의 시도 끝에 간신히 시동이 걸린다. 엄마는 이 고물, 돈 벌어서 후딱 갈아 치워야지, 하고 불평한다. 할아버지는 엄마가 핸들 돌리는 걸 보면서 콧방귀를 뀐다.

"고물은 무슨. 이놈은 프라이드다."

"어유, 됐어."

엄마가 진절머리를 내며 액셀을 밟는다. 차가 비명을 지르면서 앞으로 나아간다. 나는 엄마에게 조용히 묻는다.

"압류됐다며."

"넌 신경 쓰지 마."

그리고 엄마는 덥다며 차창을 활짝 연다. 마침 길가에 아는 얼굴이 보인다. 나는 급히 몸을 숙인다. 한쪽 팔로 얼굴도 가린다. 그렇게 뻣뻣한 자세로 집까지 간다.

25.

위선자 소리가 누구 입에서부터 시작했는지 찾아냈다. 내 생각과 달리 권이수가 아니었다. 권이철이었다.

권이철은 내가 착한 일을 할 때마다 꼭 뒤에서 토를 달았다. 저거 다 꿍꿍이가 있는 거라고. 처음에는 아무도 권이철 말을 믿지 않았는데, 시간이 지나자 점점 그 말을 믿는 애들이 생겼다. 이제 몇몇은 내가 무엇을 할 때마다 의심의 눈초리부터 하고 봤다. 어제는 주번인 아이 부탁으로 칠판을 닦는데, 같이 밥 먹던 애들이 뒤에 와서 그랬다.

"그렇게까지 할 필요 없어. 넌 인생 안 피곤해?"

"뭘?" 하고 물었더니 그 아이들은 이렇게 답했다.

"착한 척."

멍해졌다. 내가 대답 없이 서 있으니 아이들은 더욱 확신에 차서 말했다.

"야, 그냥 솔직하게 살아."

그러고는 손윗사람처럼 내 어깨를 두어 번 토닥였다. 기분이 좋지 않았다.

26.

입맛이 없어져 점심을 걸렀다. 그 대신 온종일 자리에서 문제집을 풀었다. 다행히도 분주해 보였다. 적어도 같이 밥 먹을 사람이 없는 것처럼 보이진 않았다. 식사를 마치고 교실에 들른 선생님도 내 분주함에 속아 넘어갔다. 선생님은 내가 공부에 목을 매는 줄 알았다. 그래서 장하다고, 내 책상 위에 캔 커피 하나를 올려놓고 갔다.

캔을 따는데 누군가 나를 툭 쳤다. 커피가 그대로 쏟아졌다. 흰 셔츠가 검게 물들었다. 손은 축축하고, 끈적하고. 고개를 들어 옆을 봤다. 권이철이었다. 권이철은 웃으며 실수라고 그랬다. 거짓말이었다.

속에서 시큼한 것이 울컥 올라왔다가, 무겁게 가라앉았다.

나는 괜찮다고 답했다. 커피가 뚝뚝 떨어졌다.

27.

체육복을 입고 하교한다. 손에서는 아직도 커피 냄새가 난다.

언덕배기를 넘고 공원께를 지나다가 나를 기다리던 할아버지와 마주친다. 할아버지는 날 보곤 교복은 어쨌냐고 묻는다.

나는 선생님이 공부 열심히 한다고 커피를 줬는데 그만 칠칠치 못하게 쏟아 버렸다고 둘러대며 웃는다. 할아버지는 이눔 조심했어야지, 그러곤 내 머리를 쓰다듬는다.

"나는 너만 보믄 막막 청춘이 된 것 같어. 일찌감치 죽었다고 생각했건만 이제 보니 청춘이란 짜식은 일평생 숨이 붙어 있는갑다."

그렇게 마주 웃는데, 수풀 너머에서 바스락 소리가 들린다.

천천히 고개를 돌린다. 깜깜한 와중에 벌건 불빛이 보인다. 그 끝에서 피어오르는 연기도 보인다. 그리고 노란 머리.

굳어 있던 노란 머리의 얼굴이 점점 풀린다. 녀석이 소리친다. 야야, 저기 봐라.

"난쟁이다."

심장이 내려앉는다. 할아버지와 맞잡은 손을 뿌리친다. 걸음이 나 홀로 빨라진다. 점점 빨라지다 종국에는 달린다. 할아버지를 두고 그렇게 달아나 버린다.

28.

내가 그곳으로 돌아간 건 그로부터 십여 분 후였다. 할아버지는 홀로 벤치에 앉아 있었다. 나는 할아버지 주변을 서성거렸다. 할아버지는 그런 나를 발견하고도 다가오지 않고 주위부터 둘러보았다. 길가를 걷는 사람이 몇 있었다. 할아버지는 다시 고개를 돌렸다. 그건 할아버지의 배려였다. 혹여 손주놈을 알지도 모르는 사람들에게 미천한 할애비를 들키지 않겠다는 배려.

비참해졌다. 급히 발을 움직여 할아버지를 붙잡았다. 젊은 살갗과 늙은 살갗이 맞닿았다. 주름지고 연약한 살갗. 나는 얼굴을 찌푸렸다. 할아버지. 고통스럽게 할아버지를 불렀다. 할아버지는 그제야 입을 뗐다.

"아까 갸들은 친구 아니냐?"

"친구 아니야."

잠시 말을 멈추었다가 심호흡하고 입을 열었다.

"나 친구 없어."

"우리 손주, 와 친구가 없을꼬. 이리 착한디."

할아버지 눈썹이 아래로 축 처졌다.

"갸들은 눈을 가재미마냥 요래 뜨고 어른한테 인사도 없이. 요즘 아들은 싹바가지 없는 게 그, 트, 뭐시기, 트렌든가?"

나는 간신히 그렇다고 하였다. 입술이 파르르 떨렸다. 할아버지는 그 작은 움직임을 알아차렸으면서도 웃었다. 일부러 소리 높여 웃었다.

"고거 참 요상한 유행이다."

할아버지의 웃음소리가 골목 전체에 물결쳤다. 나도 따라서 웃었다. 하지만 웃는 게 조금 버거웠다.

29.

시끄럽게 울리는 알람 소리에 눈을 뜬다. 할아버지가 인제 일어났냐 하곤 서두르라고 한다. 시간을 보니 아슬아슬하다. 밥 먹고 가라는 할아버지를 제쳐 두고 가방을 멘 채 뛴다.

간신히 정각에 맞춰 교실 문을 연다. 안으로 들어서는데 아이들이 이상한 시선으로 나를 본다. 그리고 온종일 내게 가까이 오지 않는다. 말을 거는 것은 물론이고, 내가 먼저 인사라도 건네면 얼떨떨한 얼굴로 나를 본다.

하루 만에 외톨이가 되어서 운동장 가장자리에 앉는다. 곧 누군가 내 옆에 앉는다. 쫄이다. 쫄은 내 옆에서 소리 없이 입을 뻐끔거린다. 금붕어 같다. 거대한 어장 속에 갇혀 구경거리가 된 느낌이다. 다들 나를 보고 수군거리는 것처럼 느껴진다. 변변찮은 집안, 유독 키가 작은 할아버지, 심지어는 바람난 아버지까지.

예전 학교에서도 그랬다. 제일 친했던 친구와도 그래서 멀어졌다. 걔네 엄마가 걔한테 이렇게 말했으니까. 가정 환경이 사람을 만드는 거니 하자 있는 애랑은 놀지 말라고.

착잡하여 눈을 감는다. 어젯밤 들었던 소리가 또 들리는 것 같다.

난쟁이.

30.

점점 수세에 몰린다. 수업이 끝나고 선생님이 잠시 자리를 비운 사이 권이철이 내게 다가왔다. 그리고 과장스러운 몸짓을 취하며 큰 소리로 외쳤다.

"너네 할아버지 다리도 그렇고 키도 아주 작으시던데. 야, 네가 고생이 많겠더라."

그 말을 듣자마자 나는 얼어붙었다. 온몸의 피가 멎는 것 같았다. 권이철은 씩 웃었다.

"불쌍한 자식. 열심히 살아라."

권이철이 두 팔을 올렸다. 우리 친구에게 박수, 하고 소리치며 짝짝 소리를 냈다. 권이철 패거리들이 킬킬 웃으며 따라 박수를 쳤다. 박수 소리에 맞춰 심장이 뛰었다. 하지만 아무것도 할 수가 없었다.

31.

집에 돌아가 곧장 펜을 든다. 수세에 몰릴 때마다 나는 펜을 든다. 고통스러울수록 박차를 가한다. 이건 나만의 고문법이다. 큰 사람과 큰 숫자를 생각하며, 내가 이전보다 더 좋은 점수를 받으면 아이들도 전처럼 나를 살갑게 봐 줄 것이라고 헛되이 믿으며.

떨리는 펜촉이 종이에 닿는다. 사각, 소리가 난다. 무언가가 깎
여 나가는 소리다.

32.

별명이 생겼다. 난쟁이다.

어느 순간부터 모두가 나를 뒤에서 그렇게 부른다. 나는 이제
호구이자 위선자이자 난쟁이다. 여느 때보다 더욱 만만해졌다.

쫄은 내가 만만해진 것을 좋아하는 듯했다. 자기와 더욱 가까워
졌다고. 얼마 전에는 아이들이 다 보는 앞에서 내게 연락처를 물
었다. 나랑 친하게 지내고 싶다고 했다. 교실은 웃음바다가 됐다.
저것들 끼리끼리 잘 논다고 하였다.

33.

수업이 끝나고 권이철 패거리에게 둘러싸여서 학교 뒤편으로
끌려간다. 권이철은 짝다리를 짚고 서서는 내 어깨에 담뱃재를
턴다. 담뱃재는 무척 뜨겁다. 나는 조금 신음하지만 곧 입을 다문
다. 침묵이 흐른다. 권이철이 나를 빤히 바라본다. 또 툭 잿더미가
떨어진다. 할 말 없냐고 권이철이 묻는다.

나는 미안하다고 말한다. 몇 번이나 미안하다고 한다. 입안이

바싹 말라 목소리도 나오지 않게 되었을 즈음 권이철이 웃으며 알면 됐다고, 진작 이렇게 고분고분해지지 그랬냐고 말한다. 마침내 권이철은 떠나고 나는 홀로 담뱃재를 털며 내가 무엇을 잘못했는지 생각한다.

아무것도 잘못한 게 없다.

34.

정말로 나는 잘못한 게 없다. 할아버지도 잘못한 게 없다.

그럼에도 은연중에 할아버지가 없었더라면, 하는 나쁜 생각을 한다. 손주라는 자식이 이따위 놈인지도 모르고 할아버지는 내가 집에 들어오자마자 입에 침이 마르도록 나를 칭찬한다. 우리 손주가 어떤 손주인 줄 아냐고, 세상에서 제일루 착하고 똑똑한 놈이라고. 필시 이놈은 크게 될 것이라고 큰소리를 친다. 그렇게 외치는 할아버지 손끝에서는 하얀 돌이 반질거린다.

나는 거실에 펼쳐진 바둑판을 보다가 듣기가 거북하여 딴소리를 한다. 바둑은 재미있냐고.

"암, 재미나지. 바둑은 세상사랑 똑같어. 요 돌이 사람과 사람이다. 사람과 사람이 이어졌다가 잡아먹다가 하는 게지."

이어졌다가 잡아먹다가. 떠오르는 것이 많았다. 나와 이어지면서 나를 잡아먹는 사람들.

"함 해 볼 테냐?"

나는 고개를 저었다. 하지만 할아버지가 막무가내로 내 검지와 중지 사이에 돌을 끼웠다.

"자, 두어 봐라."

이럴 때의 할아버지는 말릴 수가 없었다. 어쩔 수 없이 후딱 끝내자는 마음으로 돌을 두었다. 정가운데. 그리고 할아버지를 보았다. 할아버지는 탐탁지 않은 얼굴로 돌을 옮겼다.

"왜?"

"첫수는 가생이에. 요놈은 화점이고 요놈은 소목, 또 요놈은 삼삼이다. 천원은 아직 때가 아니고."

내가 맨 처음 돌을 두었던 곳은 천원이라 부른다고 했다. 천원. 하늘 천 자에 으뜸 원 자를 썼다. 쉽게 풀어 말하면 바둑판 세상의 근원이라는 뜻이다. 할아버지는 근원에 바로 닿는 것은 위험하다고 말했다. 바둑이든 사람 마음이든 뭐든지 곁다리부터 야금야금 뜯어먹으며 근원에 닿을 준비를 해야 한다고.

"윤수야. 나는 바둑이 참 조오타."

할아버지가 작고 옆구리가 깨진 돌을 집어 든다. 딱. 돌소리가 맑게 울린다.

"옆구리가 깨진 놈도 쬐깐한 놈도 판 위에선 다 같이 한 자리를 차지하니깐."

그 돌이 다른 돌과 이어져 거대한 그물을 만든다. 할아버지는 그물 안에 잡힌 돌을 하나씩 골라낸다.

"저보다 큰 놈도 이리 꿀떡 삼킨다."

할아버지가 웃는다. 나는 할아버지의 웃는 얼굴을 오래도록 바라본다.

35.

아침부터 우산이 뒤집힐 정도로 거센 비바람이 불었다. 물 먹은 운동화를 끌고 비치적거리며 교문에 들어서는데, 새까만 외제차 한 대가 내 앞에 섰다. 그 차에서 권이철과 권이수가 같이 내렸다.

나는 교문 기둥 뒤에 숨어 그 둘을 바라봤다. 둘은 크고 온전했다. 빗속에서도 새까맣게 반짝였다.

고개를 들었다. 튀어나온 우산살과 해진 비닐. 한없이 비루하고 희멀건 내가 보였다.

저 인생들은 강자임에도 흑을 쥔 채 자기 돌 넉 점은 넉넉히 깔고 시작하는데, 내 인생은 백에 깔린 돌도 없어서.

좀처럼 시선이 떨어지질 않는다.

36.

권이철은 한 방울도 젖지 않은 놈이 날씨가 궂다고 하루 종일

심술을 부렸다. 가만히 있지를 못하고 연신 교실을 어슬렁어슬렁. 바짓단은 질질 끌리고 발소리는 느릿했다.

나는 남몰래 권이철의 걸음걸이를 따라 해 봤다. 내 몸이 남의 것이 된 양 어색했다. 그 어색함에 기이하게 끌렸다. 권이철을 이루고 있는 요소 하나하나를 뜯어내어 나에게 덧붙이면 조금 더 나은 사람이 될 수 있을까. 누구에게도 무시당하지 않는 압도적인 사람이.

압도적.

천천히 그 단어를 되뇌었다. 압도적, 압도적. 참 멋진 말이다. '압' 자가 들어가는 말은 다 그렇게 느껴진다. 입안에서 혀가 굴려지는 모양새도, 입술이 닫혔다가 열릴 때 터져 나오는 바람 소리도, 은근하게 떨리는 목구멍도.

압도, 압박, 압승.

나도 그런 단어가 어울리는 사람이 되고 싶다.

37.

"요즘 맨날 바둑만 보네."

엄마가 방울토마토 한 접시를 내 앞에 내려놨다. 그러나 나는 고개도 돌리지 않은 채 대국에 집중했다. 대국은 이제 막 시작했다.

"손만 나오는 저걸 무슨 재미로 보니?"

흑은 우측 하단의 소목에 첫수를 놓았다. 백은 딱 그 대각선에 있는 곳에 착수했다. 엄마는 내 옆에서 연신 구시렁거렸다.

"하여간 아빠가 애 취미 다 버려 놨어. 요즘 애들 중에 바둑 두는 애가 얼마나 된다고."

할아버지는 네가 인생의 참맛을 몰라서 그런다고, 우리 윤수는 딱 맛을 알지 않냐고 웅얼댔다.

"뭔 말인지 하나도 못 알아듣겠다. 다 먹고 말해, 아빠!"

"엄마가 인생의 참맛을 몰라서 그렇대."

"너는 그걸 알아들었니? 대단들 하셔라. 그럼 나 없이 참맛 아는 둘이서 살아 보셔."

할아버지는 혜진이 너 삐졌냐며 껄껄 웃었다. 할아버지가 입을 벌릴 때마다 내 옷에 뻘건 물이 튀겼다. 얼룩을 본 엄마가 기겁하며 일어섰다. 내가 진짜 아빠 때문에 못 살겠다며, 빨랫감이 또 늘었다며 야단을 쳤다.

그 와중에 돌들이 늘어선 모양새는 완전했다. 흑과 백이 천원을 기준으로 완벽한 대칭을 이루고 있었으니. 해설 위원들은 지금 백돌이 흑돌의 포석을 따라 하고 있다고 했다. 일명 흉내 바둑이라는 것이었다. 할아버지는 그 소릴 듣고 중얼거렸다.

"그려. 수순을 모르면 따라 하기라도 혀야지."

백의 흉내 바둑은 그 후로 열 수나 더 이어졌다. 흑은 초조해하더니 더는 참지 못하고 먼저 천원을 먹었다. 이로써 대칭은 깨졌다. 하지만 그 대국은 결국 백이 이겼다.

38.

나는 백이다. 우선권 같은 건 가져 본 적 없어서 늘 뒷전에서 꼼지락거린다. 수순도 모른 채 인생을 시작해서 호구에 붙들려 있다.

권이철을 본다. 권이철은 흑이다. 한 번도 먹혀 본 적 없이 늘 승기만 잡는다.

권이철에게서 시선을 떼지 않은 채 수저를 든다. 맨밥을 입안에 넣는다. 권이철은 옆자리 애 식판에서 돈가스 몇 점을 빼앗아 한 입 가득 넣는다. 그러다 이쪽을 본다.

고개를 돌린다. 나도 돈가스를 한 뭉텅이 집는다. 떨어지는 튀김옷을 보며 생각한다.

수순은 몰라도 흉내는 낼 수 있다.

39.

권이철을 관찰하기 시작했다. 관찰하다 보니 몇 가지 특징이 눈에 보였다. 그 특징은 수첩에 적기로 했다.

1. 목소리가 크다.

오늘 아침 학교에서 있었던 일을 떠올렸다. 화장실에서 담배 냄새가 난다는 제보가 들어와 학생 전체 소지품 검사가 있었다. 우리 반에서는 권이철 가방에서 담배가 나왔다. 선생님이 추궁하자 권이철이 꽥 소리를 질렀다. 이거 자기 거 아니고, 요즘 같은 시대에 소지품 검사는 사생활 침해라고.

그 소리를 듣고 있으니 옆집 뽀삐가 떠올랐다. 그놈은 이른 새벽에도 늦은 밤에도 가리지 않고 짖어 대는데, 권이철이 딱 그 개자식이었다. 둘 다 목청이 끝내줬다.

목청을 키우려면 어떻게 해야 하냐고 할아버지에게 물었더니 할아버지는 우선 몸뚱어리부터 키우라고 했다. 그러니 운동을 하라고.

그 말에 러닝을 시작했다. 공원을 열 바퀴만 뛰면 충분할 것 같았다.

충분하긴 개뿔, 넘쳤다. 페이스 조절을 잘못해서 얼마 뛰지도 않고 뻗었다. 다리에 힘이 하나도 들어가지 않아서 돌아오는 길엔 어쩔 수 없이 버스를 탔다. 집에 도착하고 나서는 땀에 찌든 티셔츠에 흙 묻은 반바지 차림 그대로 침대에 쓰러졌다. 눈을 뜨니 다음 날 아침 6시. 그렇게 하루를 공쳤다.

40.

2. 욕을 잘한다.

녀석은 단순한 욕도 단순하게 말하는 법이 없었다. 어떨 때는 '씨'에 강세를 주고, 어떨 때는 두 음절을 세 음절, 네 음절로 늘려 발음했으며, 또 어떨 때는 시를 낭송하듯 나지막이 읊조렸다.

그러나 똑같은 욕이라도 내가 하면 어쩐지 그 맛이 안 났다. 본래의 진한 맛은 어디 가고 밍밍하기만 했다. 세상에 뭐든 쉽게 되는 일은 없다고, 하물며 욕 맛을 살리는 일조차 이리 어려웠다. 나는 번번이 실패하면서도 다시 욕을 입에 담았다.

"뭐 하는 기가?"

할아버지가 별꼴을 다 본다는 양 눈을 치켜뜨고 물었다.

"연습."

"요즘은 욕도 연습하나?"

"응."

"고거 연습할 게 뭐 어디 있냐. 사골처럼 푸욱 우려내는 게지."

할아버지가 크게 심호흡했다. 뺨이 옴폭 패이고, 곧 걸걸한 것을 장풍처럼 쏟아 냈다.

"여엄병할 새끼들. 아가리를 양 갈래로 화악 찢어 버린다!"

욕을 마친 할아버지가 배꼽을 부여잡았다. 나도 간만에 웃음보가 터졌다. 할아버지의 웃음소리에는 다른 사람을 따라 웃게 만드는 묘한 매력이 있었다. 할아버지의 욕 또한 마찬가지였다. 나는 할아버지를 따라 소리쳤다.

"염병할 새끼들. 아가리를 양 갈래로 확 찢어 버린다."

"아니다, 아니다. 염, 늘리고, 병할 새끼들, 쉬고. 아가리를 양 갈래로 화악! 악센트. 착 감기게 이리해야지."

할아버지의 코칭은 그 후에도 한 시간이 넘게 이어졌다. 정확히는 한 시간 십 분 동안이었다. 엄마가 딱 그때 집에 돌아왔기 때문이었다. 엄마는 쌍욕을 뱉는 나와 할아버지를 보고 얼척없어서 빽 소리를 질렀다. '얼척없다.' 그 표현도 할아버지가 가르쳐 준 것이었다.

41.

하지만 그렇게 연습했으면서 결국 아무 말도 내뱉지 못했다.

쉬는 시간이었다. 사물함에서 교과서를 가져오려고 자리에서 일어선 참이었다. 권이철이 내게 다 먹은 음료수 캔을 내밀었다.

"버려 주라."

권이철이 손을 흔들었다. 내 코앞에서 흔들흔들. 그리고 바닥에 떨궜다.

캔이 바닥을 구르는 소리에 모두가 날 봤다. 동시에 나를 둘러싼 세상이 거대해졌다. 나만 빼고 전부 거대해졌다.

어쩔 수 없이 쓰레기를 집었다. 그러자 권이철은 웃었다. 아주 작은 목소리로, 병신. 또 그 소리를 했다.

얼굴을 거칠게 비빈다. 세면대 거울 속 권이철이 나를 보며 비웃는다. 병신.

나는 권이철을 바라보며 똑같이 입을 연다. 병신.

그러나 권이철이 낄낄거린다. 그 말, 현실에선 입 밖으로 낼 수 있냐고 묻는다.

나는 입을 다문다.

42.

3. 말이 짧다.

권이철은 말 한마디도 길게 하는 법이 없다.

야.

권이철은 이 말을 가장 많이 하고 가장 자주 한다. 어떤 상황에서든 권이철은 이 한 단어로 해결한다. 인사할 때도 야, 기분이 좋을 때도 야, 마음에 안 들 때도 야.

"야."

권이철이 내 옆에 슬며시 다가온다. 그리고 발등을 툭 친다. 나는 꾹 참는다. 또 툭. 권이철이 나를 한 번 더 친다. 그런 식으로 장난치듯 계속 사람을 건드린다. 결국 나는 고개를 든다. 권이철과 눈이 마주친다.

"뭐."

권이철이 고개를 까딱인다. 나는 말없이 고개만 젓는다.

권이철은 실실거리며 또 내 발을 밟는다.

43.

4. 지는 법을 모른다.

권이철은 시시한 가위바위보에서도 지지를 않는다. 권이철은 단판 승부였던 것을 삼세판으로 바꾸고 삼세판이었던 것을 오판 삼 승으로 바꾼다. 뭐든지 자기가 이길 때까지 한다. 말싸움도 그렇다. 말로 질 것 같으면 주먹을 든다. 그 결과 권이철은 늘 승자다.

승자는 몸값이 비싸다. 일 년에 몇천만 원은 우습고, 몇억, 몇십억에 육박하기도 한다. 반면 할아버지의 몸값은 칠십삼 년 세월을 통틀어 이천이다. 할아버지의 사망 보험금 액수다. 할아버지는 엄마가 돈 걱정을 할 때마다 웃으며 말했다. 걱정 붙들어 매라, 혜진아. 금방 이천 나온다, 이천.

엄마는 이천 소리가 나올 때마다 치를 떨었다. 그런 말은 농담으로라도 하는 거 아니라고 고함을 질러 댔다. 이천 소리가 나온 다음 날엔 꼭 할아버지가 제일 좋아하는 방울토마토가 상에 올라왔다. 복숭아니 수박이니 하는 비싼 과일들보다 할아버지는 방울토마토가 좋단다. 할아버지는 그렇게 작은 것만 작은 입에 갖다 넣으면서 나한테는 큰사람이 되라고 한다. 선생님도 내게 큰 숫자를 받으라고 한다. 나는 그 말이 무슨 뜻인지 안다. 비싼 사람이 되라는 뜻이다.

펜을 내려놓는다. 손가락을 펴고 내 살결을 본다. 펜을 쥐었던 곳에 굳은살이 박여 있다. 굳은살을 누르며 나는 얼마짜리 사람일까 어림짐작해 보는데 웃음소리가 들린다. 누군가가 다가와 내 귓가에 속삭인다. 고작, 고작 삼백.

44.

5. 개눈깔.

사람마다 특유의 눈빛이 있다. 쫄은 맹하다. 권이수는 음흉하다. 권이철은 개눈깔이다. 벌겋게 번들거리는 눈빛. 도무지 사람의 눈빛이 아니다.

공존할 수 없는 것 같은 단어들이 하나의 신체 기관을 수식하는 데 쓰인다. 요상하다 생각하면서 숨을 내뱉는데, 쿵 하고 소리가 들렸다. 소리가 난 곳에는 아침부터 개눈깔인 권이철이 서 있었다. 권이철은 남의 책상에 재차 발길질을 했다. 서랍에서 쏟아져 나온 물건들이 권이철 발끝에 차였다. 권이철은 한 번 바닥을 훑어보더니 씨발, 그 한마디 하곤 또 다른 책상을 발로 찼다. 그러고는 자기 시계 누가 가져갔냐며 소리를 질렀다. 어제 분명 서랍 속에 넣었는데 없어졌다고. 그 무겁고 짤랑이는 시계 얘기다. 고작 삼백짜리 시계가 사라졌다고 권이철이 불같이 화를 냈다. 삼백 그거 얼마 안 한다고 했던 주제에.

그렇게 책상 다섯 개가 엎어지고 나서 보다 못한 반장이 권이철을 만류했다. 하지만 반장은 도리어 권이철에게 멱살을 잡혔다. 권이철 손아귀에 힘이 들어갈수록 반장 얼굴이 허옇게 질렸다. 헐떡이던 그 애는 결국 참지 못하고 앞을 가리켰다. 그곳엔 공교롭게도 나와 쭐이 있었다. 순간 아이들의 생각이 통한 것을 느꼈다. 저 만만한 것들에게 전부 떠넘겨 버리자고.

권이철이 반장의 멱살을 놓았다. 그리고 이리로 천천히 다가왔다. 발소리가 내 앞에서 멎었다. 권이철이 살포시 웃었다. 또 큰 소리가 났다.

45.

콧잔등이 시큰거린다. 손등으로 코피를 훔쳐 낸다. 핏자국이 지저분하게 번진다. 꼴이 말이 아니다.

할아버지는 평소에는 잘만 나돌아 다니면서 이런 날엔 꼭 집에 있다. 내가 수치스러운 날엔 말이다. 들키고 싶지 않았는데, 할아버지는 버선발로 현관까지 뛰어나와 소리를 질러 댔다. 얼굴이 왜 이러냐, 뭐 땜시 이리되었냐, 말 좀 해 봐라, 이눔아. 할아버지의 목소리가 잘게 떨렸다. 나는 웃기만 했다. 할아버지가 내 앞에서 웃기만 하는 것처럼.

할아버지는 이런 내 태도가 답답한지 고개를 저었다. 자꾸 저어 댔다. 이눔아, 이눔아. 하지만 말할 수 있을 리가 없었다.

권이철이 쪽의 책상을 엎었는데 내 얼굴에 플라스틱 필통이 날아왔다고. 운 나쁘게 맞아 코피를 흘리는 나를 보며 권이철이 그랬다고. 꼴 좋다, 난쟁이 새끼. 그런데 나는 그 말을 듣고도 아무런 대꾸도 하지 못했다고.

"괜찮아."

말을 삼켰다. 가시 덩어리를 꾸역꾸역 삼키고 했던 말을 반복했다.

정말로 난 괜찮아. 괜찮다고, 할아버지.

할아버지가 입을 닫았다. 시체처럼 나를 바라보았다. 나도 시체처럼 할아버지를 보았다. 시체 같은 눈빛들. 살아 있지만 죽은 것과 같은. 그때 옆집 뽀삐 짖는 소리가 들렸다.

뽀삐는 내게 이만 개가 되라고 했다.

46.

뚝뚝, 땀방울이 떨어졌다. 속이 꽉 막히고 신물도 올라왔다.

불 꺼진 화장실에 들어가 문을 닫고 웅크렸다. 손끝으로 더듬거리며 변기를 찾았다. 그리고 구역질을 했다. 하지만 목구멍에서는 아무것도 나오지 않았다. 천천히 다리가 무너졌다. 추웠다. 온기를 찾아 더듬더듬 나를 안았다. 안아도 추워서 안방으로 갔다. 할아버지 코 고는 소리가 우렁찬 안방으로.

할아버지의 앙상한 손 옆에 내 손을 두었다. 혹여 깨울까 봐 닿지는 못하고 바라보기만 했다. 그리고 얕게 숨을 들이마셨다.

숨을 쉬며 눈을 감았다. 할아버지 심장 박동이 들리는 듯했다. 어쩌면 내 심장 박동일 수도 있다. 멎을 듯 끊어질 듯 고동이 계속 이어졌다. 두근, 두근.

"크은, 사람, 이, 되어야."

깜짝 놀라 눈을 떴다. 하지만 할아버지는 미동도 없었다. 잠꼬대였나보다. 큰사람. 그게 얼마나 좋길래 꿈에서까지 부를까.

큰 것을 떠올릴 때마다 나는 점점 움츠러든다. 견뎌 내야 하는데 도저히 견딜 수가 없다. 내게 나를 견뎌 낼 힘이 조금 더 있었으면. 혹은 내가 견딜 수 있을 만큼, 딱 그만큼만 삶이 내게 밀려왔으면.

이불 끄트머리를 쥐었다. 눅눅했다. 썩은 내도 났다. 할아버지 살 내음과 내 숨 내음이다. 그 냄새에 서서히 침잠한다. 무게를 이기지 못하고 가라앉는다. 이불에 얼굴을 묻고 나직이 읊조린다.

할아버지, 이건 정말 비밀인데,

때때로 나는 죽고 싶어져.

47.

물기가 느껴진다. 내 뺨에서도, 창밖에서도. 머리맡에 빗물이 흥건하다. 어젯밤 내 방으로 돌아와서는 깜빡하고 창문을 연 채 잠이 든 모양이다. 시트가 반이나 젖었다. 또 엄마에게 혼나겠지. 가뜩이나 사내자식이 맞고 왔다고 한 소리 들었는데. 시답잖은 생각을 하며 창문을 닫는다. 머리가 멍하다.

멍한 채 침대에 늘어져 가만히 삶이라는 것을 생각한다. 생각하다 보면 그 광대함에 압도된다. 삶은 우주와도 같은데, 나는 한낱 먼지 같은 내 하루도 감당할 수가 없다. 남들의 사소한 말 한마디에도 쉽사리 궤도가 뒤틀린다. 나는 점점 우울해진다.

우울에서 빠져나오기 위하여 휴대폰을 켠다. 요란한 화면이 부디 나를 흐트러뜨리기를 바란다. 그러나 SNS에는 웃는 얼굴밖에 없다. 모두 행복해 보인다. 불행한 건 나뿐인 것 같다. 내게는 행복의 기미조차 보이지 않는다. 그렇다면 내 삶은 목적 없는 것인가. 아무 의미도 없이 그저 흘러갈 뿐인가.

끔찍한 생각을 지우기 위해 일어선다. 비는 그칠 기미가 보이지 않는다.

48.

기어코 아침이 왔다. 비는 아직도 부슬부슬 내린다. 엄마가 오늘은 나보고 학교에 가지 말고 쉬라고 했다. 별일이다. 나도 학교에 가고 싶진 않아서 이불을 두르고 텔레비전이나 본다.

엄마는 웬일로 화려하게 차려입고서는 일찍부터 집을 나섰다. 새벽에 작업반장님께 오늘은 나가지 못할 것 같다고 말하는 통화 소리를 들었다. 하지만 엄마는 내게 어디로 가는지 말해 주지 않았다.

"거, 코는 괘안냐?"

엄마가 가고 할아버지가 쭈뼛쭈뼛 내게 말을 건다.

"괜찮아."

"참말이지?"

"참말이야."

대화가 멎는다. 나는 괜히 텔레비전 소리에 귀를 기울이는 척한다. 수상전이 치열하다 하는 소리가 들린다. 살지도 죽지도 않은 미생의 돌들을 먼저, 더 많이 처리하는 쪽이 이길 것이라고. 그때 할아버지가 불현듯 나를 부른다.

"윤수야. 할애비는 나약하다."

나는 할아버지를 돌아본다. 할아버지는 눈을 끔쩍이며 나를 바라본다. 올곧게 바라본다.

"바둑판에는 더도 덜도 말고 따악 삼백예순하나의 자리가 있다. 근디 고 자리 하나 먹으려는 놈은 요래 많어."

할아버지 말소리가 나직하다. 하지만 한 음절 한 음절 똑똑히 들려온다. 검고 검은 것들이 진을 친 격자판. 그 위에 희끄무레한 것이 하나 놓여 있다. 그게 할아버지의 세상이다.

"나는 키도 작고, 돈도 없고, 마누라도 일찍 가고, 딸내미 혼자 키우며 무시만 당했다. 그래두 나는 바르게 살었어. 아등바등 그리 살었어."

할아버지가 자리에서 일어난다. 일어나도 앉아도 작다. 할아버지가 고개를 든다. 언제나 그런 식으로 모든 것을 올려다본다. 할아버지는 항상 아래에 있으니까. 희끄무레한 할아버지는 짓눌리기만 한다. 짓눌려서 호구 속에 있다.

"근디."

호구 속에 있는 할아버지가 손을 뻗는다.

"너는 그리 살지 말었으면 좋겠다."

작은 손이 뺨을 쓰다듬는다. 부드럽고 섬세하게 나를 어루만진다.

"착하지 말어라, 윤수야."

나는 말을 잃는다.

"싹바가지 없게 살어라."

무언가가 일렁인다. 나는 환영을 보고 있는 것만 같다. 주저하다가 할아버지 옷소매를 붙든다. 조심스레 입을 연다.

“……싸가지 없어져도 할아버지는 나 안 버려?”

할아버지가 웃는다. 눈썹은 양옆으로 벌어지고 두 뺨은 봉긋 솟는다. 내가 제일 좋아하는 할아버지의 미소다. 대국에서 남의 돌을 집어삼킬 때의 그 미소.

“내가 니 버리면 콱 죽어 삐야지!”

돌이 떨어진다. 새까만 바둑판 한가운데, 할아버지가 희멀건 나를 내리꽂는다.

제2국

속

1.

나이프를 든다. 반을 가른다. 안이 붉다. 레어다. 결을 따라 포크를 찔러넣는다.

"야야. 하나도 안 익었잖어."

"요즘은 익힌 듯 안 익힌 듯 먹는 게 대세야. 미디엄 레어, 몰라?"

할아버지가 투덜거리자 엄마가 있어 보이는 용어를 남발한다. 고급 레스토랑 가면 다 이렇게 먹는다고. 눈에 빤히 보이는 거짓말이다. 엄마는 고급 레스토랑 같은 덴 가 본 적이 없다.

나는 소고기를 입에 넣는다. 질퍽한 것을 요리조리 굴려 가며 씹는다. 그럼 엄마가 내 접시 위에 고기를 또 쌓는다. 등을 툭툭 치며 많이 먹으라고 한다. 웬 소고기냐고 물었더니 너 성장기니까 많이 먹어야지, 그 한마디만 되돌아온다. 엄마는 늘 설명이 부족하다.

할아버지에게로 시선을 돌린다. 할아버지는 아직 부어 있는 내 콧잔등을 바라보다가 자기 접시에 올려져 있던 고기 한 점을 내게 건넨다. 할아버지의 주름진 입가가 꿈틀거린다.

다 이겨 먹거라, 윤수야.

"아빠, 다 익은 거라니까!"

포크를 고쳐 쥔다. 그리고 전투적으로 고기를 입안에 들이민다. 질긴 살결을 씹고 또 씹는다. 엄마와 할아버지는 한 점도 입에 대지 않고 굽기만 한다.

2.

"운동도 좀 하지 그래?"

생전 처음 엄마 입에서 그런 말이 나왔다. 공부도 결국은 체력 싸움이라던데 나가서 동네라도 한 바퀴 뛰고 그러라고. 내가 코피 터진 것이 그리도 엄마의 자존심을 상하게 하는 일이었나 보다. 나는 오묘한 기분으로 입을 뗐다.

"됐어. 공부나 할 거야."

엄마도 오묘한 얼굴로 나를 봤다. 그렇게 서로를 바라만 보고 있는데 화장실에서 할아버지가 나왔다. 할아버지는 찬물을 뚝뚝 흘리며 투덜댔다.

"혜진아, 온수가 안 나온다."

"내가 한번 볼게."

엄마가 쏜살같이 자리를 피했다. 엄마는 언젠가부터 나와 단둘이 있는 것을 못 견뎌 했다. 나도 그랬다. 엄마보단 할아버지와 있는 것이 백배는 편했다. 나는 할아버지 옆에 딱 붙어 앉아 텔레비전을 켜고 바둑 채널을 틀었다. 대국이 한창이었다.

할아버지는 텔레비전을 보며 끊임없이 사족을 달았다. 저런 것 다 전략이라고. 육이오 때도 그랬다고. 상륙 작전으로 보급로를 확 끊어 버린 것이 아니겠냐고. 그러니 전략적으로 고 싹바가지 없는 놈의 쌍코피를 터뜨려 버리라고 일장 연설을 늘어놓았다.

전략적으로. 어감이 좋았다.

3.

전략적으로 머리를 물들이기로 했다. 멋들어진 미용실 문 앞에서 삼십 분을 머뭇거리다가 심기일전하고 간신히 문턱을 넘었다. 들어가서는 주먹 꽉 쥐고 염색하고 싶다고 말했다. 금처럼 반짝거리는 노란빛으로. 그러자 실장이라는 여자가 내게 물었다.

"학생?"

초장부터 반말이었다. 나는 존댓말로 답했다.

"학생 맞아요."

실장이 가위를 들었다. 층은 얼마나 칠지, 기장은 어느 정도가 좋은지. 형식적인 것을 잠깐 묻더니 곧 삼천포로 빠졌다. 학생인데 두발 제한은 없어? 참 좋은 세상이다, 야. 나 때는 안 그랬는데. 내가 어버버거리니 실장이 코웃음을 쳤다.

"너 말솜씨가 없구나."

실장은 계속 조잘대며 약품을 내 머리에 발랐다. 그리고 전에 탈색을 해 본 적 있냐고 물었다. 나는 탈색이 염색이랑 다르냐고 되물었다. 실장은 가격이 다르다고 했다. 내가 생각한 것보다 두 배는 더 비쌌다. 시간도 두 배는 더 걸렸다.

그렇게 두 시간을 쓰고 나니 거울 앞에 웬 병아리가 서 있다. 온통 샛노랬다. 두피는 따갑고, 머리털은 거칠고 뻣뻣한 것이 사람털이 아니라 개털 같았다. 머리털을 쥐자 부스스한 것이 한 움큼 잡혔다. 심히 괴상한 모습이었다.

미용실을 나서니 초면인 사람들의 시선이 꽂혔다. 오가며 한 번쯤은 내 머리를 힐끔거렸다. 나는 어색하여 쭈뼛쭈뼛 걸었다. 한 걸음 한 걸음 옮기는 것이 정말 곤혹이었다. 할아버지는 노란 나를 보자마자 박장대소했다. 사진까지 몇 방 찍었다.

"고거 아주 아이돌이 되어 부렀네!"

쪽팔려서 화장실로 도망쳤다. 노란 불빛 아래서 보는 내 얼굴은 미용실에서 보던 것과는 또 색달랐다. 누렜다. 누런 나를 보고 있자니 얼굴에 열이 올랐다. 휴대폰에도 열이 났다. 할아버지가 그

새 엄마에게 사진을 보냈는지, 엄마는 수도 없이 메시지를 보내고 전화해선 왜 머리가 그따위냐고 물었다. 나는 일부러라고 했다. 전에는 너무 어려 보였으니.

어려 보이는 건 질색이었다. 기왕이면 가급적 불량해 보이는 편이 좋았다. 어리고 순할수록 착하게 보인다. 그리고 착한 건 손해다. 못된 게 미덕이다. 세상은 그렇다.

그러나 엄마는 이해하지 못하고 잔소리를 해 댔다. 많은 색 중에 하필이면 노란색이냐고. 날라리 같고 얼굴이 더 누렇게 보인다고.

"노란 게 어때서 그러냐. 눈에 확 들어오니 좋구먼."

할아버지는 나를 열심히 변호했다. 하지만 웃는 낯 그대로라 진정성은 없었다.

4.

노란 채로 학교에 가니 온종일 아주 가관이었다. 눈초리들이 시도 때도 없이 쿡쿡 찌르는 탓에 온몸이 따가울 지경이었다.

권이철과 나. 샛노란 머리통이 둘이 되자 선생님은 눈 둘 바를 몰랐다. 앞줄을 보면 내가 있고 뒷줄을 보면 권이철이 있으니 한참 시선을 앞뒤로 헤맸다. 수업 중 말도 몇 번이나 버벅이더니 결국 참지 못하곤 왜 탈색했냐고 물었다.

아이들도 마찬가지였다. 지나가다가도 꼭 내 자리에서 한 번씩

멈췄다. 그리고 친한 척 선생님과 똑같은 질문을 했다. 왜 탈색했어? 나는 모두에게 "그냥."이라고 답했다. 답을 들은 선생님과 아이들의 표정은 더욱 기묘해졌다. 꼭 내게 되물어봤다. 그냥? 그냥.

권이수도 내 앞에서 멈췄다. 검지를 들어 제 옆통수를 가리키더니 빙빙 돌렸다. 머리 괜찮냐?

아무튼 다들 똑같은 소리만 했다. 그깟 머리색이 뭐라고 야단이었다. 권이철도 다짜고짜 너 돌았냐고 했다.

그건 칭찬 같았다. 나도 조금은 화려해졌다는 소리니까.

5.

담임 선생님은 내 노란 머리에 유독 거부감이 심한 것 같았다. 수업 끝나고 나를 따로 불러 교무실에 세우더니 대체 무슨 심경의 변화냐는 말을 길게도 풀어 말했다. 말하면서도 내 노란 머리만 봤다. 이 머리가 혹여 내 성적을 떨어뜨릴까 전전긍긍하는 듯했다. 선생님은 상등품인 내가 하자품이 되는 것을 용납하지 않았다. 하지만 나는 원래 하자품이었다.

집중하지 않고 고개만 주억거리고 있으니 선생님이 내 손을 붙잡았다. 혹시 학교생활 중 힘든 것이 있으면 언제든 알려달라고. 그리고 탐탁잖은지 말을 보탰다. 네 어머니도 걱정하실 거라고. 지난 금요일 어머니가 학교에 오셨다고도 했다.

"엄마가요?"

선생님이 식은땀을 손등으로 훔쳤다. 내가 코피가 터진 일로 엄마가 학교에 와 난동을 부렸단다. 엄마가 웬일로 화려하게 차려입고 집을 나섰던 그날 얘기다. 나는 눈을 끔뻑이며 죄송하다고 했다. 선생님은 내가 죄송할 일은 아니라고 했다.

교무실에서 나와 천천히 엄마 얘기를 곱씹었다. 엄마가 가족 말고 다른 사람에게 화를 내는 모습은 생전 본 일이 없다. 우리 집안의 호구 내력은 끊어질 줄 모르고 이어져 왔으니. 그러니 선생님의 이야기는 정말 이상했다. 엄마가 밖에서 난동을 부렸을 리가 없었다.

6.

집에 돌아와 할아버지에게 엄마 얘길 한다.

"엄마가 학교에 찾아갔던 것 같은데. 알고 있었어?"

할아버지는 대답 없이 손톱을 깎는다. 똑똑, 손톱이 끊어진다.

나는 소파에 드러누워 허공에 발을 띄운다. 그리고 유영하듯 발을 휘젓는다. 할아버지가 자주 하는 체조다. 할아버지는 고이 잘린 손톱을 바라보다 내게 손톱깎이를 넘긴다. 나는 됐다고 밀어낸다. 내 손톱은 자르지 않아도 짤따랗다. 맨날 물어뜯어서.

"엄마 갱년긴가."

할아버지가 설핏 웃고는 입을 연다.

"열불이 나면 속으로 삭이는 것보다야 울고불고 진을 빼는 것이 나아."

할아버지는 손톱깎이를 서랍 속에 넣는다. 서랍장을 바라보며 나는 그건 너무 공격적이라고 중얼거린다. 하지만 할아버지는 이렇게 대답한다.

"공격성도 본능이다."

할아버지는 본능에는 이유가 있다고 말한다. 나는 그 이유가 뭐냐고 묻는다. 할아버지는 이렇게 대답한다.

"너를 지키기 위해서."

나는 쉬이 입을 열지 못한다. 지킨다. 그 말이 새삼스럽다.

"거 계속 참으면 병난다, 윤수야."

할아버지가 내 머리를 토닥인다. 나는 멀뚱하게 앉아서 그 말을 곱씹는다.

7.

나를 지킨다는 것의 의미를 생각한다. 참지 않는다는 것의 의미도 생각해 본다. 무언가 가슴에 내려앉는다. 그러나 그게 무엇인지는 여전히 모르겠다. 생각을 멈추고 고개를 든다. 시간표에는 체육이라 적혀 있지만 체육 선생님은 곧 있으면 모의고사 보는 놈들이 공부나 하라고 칠판에 '자습' 두 글자를 남기곤 떠났다.

그 말 따라 공부나 해야 하는데 영 집중이 되지 않는다. 멍 때리고 있다가 쫄 어깨가 위아래로 들썩들썩하는 것을 발견한다. 호기심에 살짝 몸을 일으켜 쫄의 책상을 본다. 쫄의 교과서 끄트머리에 납작하게 뭉개진 벌레 시체가 있다.

꿈쩍꿈쩍 쫄의 팔이 또 움직인다. 쫄은 죽은 벌레를 몇 번이고 짓누르고 있다.

8.

"세상에 깨끗한 사람이 있다고 생각했냐?"

권이철이 아침부터 낄낄댄다. 어젯밤부터 뉴스에서 유명 연예인이 강력 범죄 혐의로 구속되었다는 소식으로 떠들썩했는데, 그 이야기를 하는 것 같다.

"멍청이들. 깨끗한 척하는 새끼일수록 더러운 법인데."

권이철이 말을 하다 말고 나를 본다. 아주 뚫어져라 본다. 그러면서 다시 입을 놀린다. 들으나 마나 내 험담이다.

이어폰을 귀에 꽂는다. 화면에는 인강을 띄우고 소리는 최대로 높인다. 강사가 평이한 톤으로 평이한 인사말을 한다. 안녕하세요. 하지만 안녕하지 못하게 권이철이 옆에 와서 내 이어폰을 뺀다.

"야."

나는 반응하지 않는다. 그러자 약이 오른 권이철이 내 얼굴을 건드린다. 건드리는 손길에 점점 힘이 실린다. 고개가 자연스레 돌아간다.

"사람이 물었으면 대답을 해야지."

속에서 무언가가 끓어오른다. 하지만 나오는 건 멋쩍은 미소뿐이다. 나는 웃는 것 외에 나를 지키는 법을 모른다.

"웃냐? 우스운 새끼."

권이철이 내 책상다리를 발로 찬다. 속에서 무언가 울컥 올라온다. 참으면서 손톱을 물어뜯는다. 손끝이 아리다.

9.

"고것부터 그만두어야 쓰겄다."

바둑판을 내려다보던 할아버지가 돌을 두는 내 손끝을 가리키며 말한다.

"손 말이다, 손."

짤따란 손톱을 보고 할아버지는 혀를 찬다. 나는 슬쩍 손을 뒤로 뺀다. 하지만 할아버지는 어디선가 반창고를 꺼내 와서 내 손가락 끝 하나하나 정성스레 감아 준다. 그러면서 또 내게 나를 지키라고 한다.

10.

펜이 손끝에서 미끄러진다. 나는 반창고를 원망스레 노려본다. 열 손가락에 하나도 빠짐없이 반창고가 붙어 있으니 불편이 이만저만 아니다. 떼어 낼까 고민하고 있는데 시선이 느껴진다. 쫄이다.

쫄은 내가 떨어뜨린 펜을 주워 주며, 내게 다쳤냐고 묻는다. 나는 괜찮다고 답한다. 하지만 쫄은 무엇을 상상했는지 권이철이 그랬냐고 물으며 도리어 울상을 짓는다. 그러다 갑자기 내게 주고 싶은 게 있다고 한다. 자기와 친하게 지내 준 보답이란다. 나는 쫄과 친하게 지내 준 기억이 없는데. 거절해도 쫄은 나를 졸졸 따라다니며 기어이 친구, 친구, 그 말을 반복한다. 주변 아이들이 비웃는 소리가 들린다. 나는 창피해서 일단 알았다고 답한다. 그제야 쫄이 내 곁에서 떨어진다. 무엇이 그리 좋은지 헤죽헤죽 웃는 모습이 하찮다.

아이들이 전부 급식실에 가고 교실이 텅 비었을 때 쫄이 마침내 나를 부른다. 그리고 주변을 연신 둘러보다가 자기 사물함 깊숙이 손을 집어넣는다. 짤그락하고 귀에 익은 소리가 난다. 곧 번쩍거리는 것이 쫄의 손에 들려 나온다.

나는 저게 무엇인지 안다.

알면서도 더듬더듬 쫄에게 이게 뭐냐고 묻는다. 쫄은 아주 비싼 거라고 답한다. 나는 이미 짐작하고 있으면서 이거 권이철 거 아니냐고 되묻는다.

쫄이 웃는다. 여태껏 들어 본 적 없는 웃음소리로. 쫄이 저렇게 웃는 법을 안다고.

나는 다시 입을 뗀다. 목소리가 떨린다.

"네가 훔쳤어?"

쫄의 입이 벌어진다. 아주 크고, 무겁게.

"내가 훔쳤어."

나는 한 발 물러난다. 쫄은 한 발 다가온다. 쫄이 실실거리며 속삭인다.

"쉿."

할아버지 말이 맞다. 참으면 병이 된다. 쫄은 참기만 하여 병이 들었다. 그래서 자기 사물함에 남의 것들을 진열해 두고 있다. 하지만 쫄은 자기 도벽이 병이 아니라 정의라고 한다. 나쁜 새끼들에게 정의 구현하는 것이라고.

나는 망설이다 쫄에게 훔친 물건을 돌려주라고 말한다. 내 말을 들은 쫄의 낯빛이 갑자기 변한다. 쫄이 눈을 뒤집고는 길길이 화를 낸다. 우리에게 쏟아지는 괴롭힘은 정당하냐고, 왜 우린 당하고만 살아야 하냐고.

그리곤 나에게 겁쟁이라 했다.

11.

삼백짜리 시계가 짤그락거리는 소리가 집에 와서도 내 귓가를 맴돈다. 나는 허상의 소리에 놀라 침대에서 떨어지고는 잠에서 깬다. 밖이 어슴푸레한 것을 보니 아직 새벽녘이다. 나는 물 한 잔이라도 들이켜려고 방문을 연다. 할아버지가 소파에 앉아 있는 모습이 보인다. 할아버지는 창밖을 보고 있다. 뚫어져라 보고 있다. 나는 할아버지 옆에 다가가 앉는다.

"일찍 일어났네."

할아버지가 고개를 돌린다. 오늘따라 할아버지 얼굴이 퍼렇다. 할아버지는 잔기침 몇 번 하고 요놈 잠이 덜 깼구나, 하며 두 손가락으로 내 뺨을 잡아 늘인다. 나는 엄살 부리면서 중얼거린다.

"잠이 안 와."

"자야 키가 크제."

"애들 참 이상한 것 같아."

할아버지가 내 뺨에서 손을 뗀다. 나는 할아버지 어깨에 얼굴을 묻는다. 말소리가 뭉개진다.

"이상해서 무서워."

할아버지가 내 이마를 짚는다. 서늘하니 좋다. 아니, 싫다. 사실 좋은지 싫은지 모르겠다. 나는 나에 대해선 아무것도 모르겠다.

"난 겁쟁이인가 봐."

할아버지에게 몸을 완전히 기댄다. 그 작은 몸이 거목이라도 되는 양 기대어 있는다. 할아버지는 가만히 내 등만 토닥여 준다.

12.

아침에 눈을 뜨니 할아버지가 없다. 돌이켜 생각해 보니 새벽녘 할아버지의 상태가 이상했던 것 같다. 할아버지는 왜 그 시간에 깨어서 창밖을 보고 있었을까.

때마침 "늦었다, 늦었어."를 연발하며 신발을 구겨 신는 엄마와 마주친다. 나는 엄마에게 할아버지는 아침부터 어딜 갔냐고 묻는다. 엄마는 자기가 그걸 어떻게 아냐고 퉁명스레 쏘아붙이고는 집을 나간다.

할아버지는 엄마가 나가고 나서도 삼십 분이 지나서야 집에 돌아온다. 내가 기다렸다는 듯 할아버지한테 다가가자 할아버지는 다 큰 놈이 왜 똥 마려운 개처럼 안절부절못하고 있냐고 웃는다. 그러면서 다짜고짜 나한테 책 한 권을 건넨다. 자기계발서다. 표지에 우스운 말이 노랗게 적혀 있다.

강한 사람이 되는 법

못마땅하게 책을 건네받는다. 간밤에 괜한 말 몇 마디 했다고 이런 걸 선물로 받는다. 나는 왜 돈을 허투루 쓰냐고 툴툴대며 책을 펼친다. 첫 장부터 흔해 빠진 말이 쓰여 있다. 나의 단점마저

장점으로 보라고. 말만 쉽지 그게 어디 쉬운 일인가. 비웃으며 대충 책장을 넘기다가 우연히 한 단어를 보았다.

욕망. 부족함을 느껴 무언가를 탐하는 마음.

그것만큼은 내가 권이철보다 대단했다. 나는 부족한 게 아주 많은 사람이니.

13.

욕망 하나를 뱉는다. 명품.

엄마가 웬 가방 하나를 사 왔다. 짝퉁 핸드백이었다.

"이것 좀 봐. 진짜 같지 않아?"

진짜를 봤어야 닮았는지 아닌지를 알지. 무슨 바람이 불어 그딴 걸 샀냐니까 엄마가 뾰로통해졌다.

"저번에 참관 수업 때 보니까 엄마들 다 이런 가방 들고 있더라고."

그래서 부러웠냐고 물으니 엄마 입이 삐죽 나왔다. 부러운 것이 아니라 심통이 났다고. 저것들이 가방 그까짓 걸로 사람 급 매기고 기죽이는 게. 그리고 한마디 덧붙였다.

"너네 담임도 똑같아."

엄마는 진짜 그날 선생님을 만났나 보다. 화려하게 차려입고 우리 애 코피 터졌다고 고래고래 소리 지르면서. 나는 어쩐지 부끄러워졌다. 창피한 것은 아니고 그냥, 좀.

"나중에 내가 진짜로 사 줄게."

엄마가 헤벌쭉 웃었다. 폴짝폴짝 뛰기까지 했다.

"진짜지? 너 나중에 무르기 없어. 할아버지가 증인이야."

진짜 부러웠던 모양이다. 엄마 뛰는 모습을 보고 있던 할아버지가 혀를 끌끌 찼다.

"저것이 몸만 컸지 아직 애다, 애."

"그래, 나 애다! 어쩔래!"

엄마가 애처럼 소리를 질렀다.

하여간 정말로 애다.

14.

욕망 둘을 뱉는다. 애새끼.

투정 부리며 멋대로 굴어도 무엇이든 쟁취하는 삶. 원하는 것이 손에 척척 들어오는 삶. 권이철 인생은 퍽 쉬워 보인다. 나까지 애새끼가 되고 싶게 만든다.

그 결과 내 머리는 노란색이다. 산들바람에도 자유분방하게 휘날리는 개털이다. 염병할. 빗질하다가 욕이 나왔다. 할아버지한테 배워 내 욕은 구식이지만 구수한 맛은 있다. 그런데 엄마는 듣기 싫었나 보다.

"야!"

곧장 불호령이 떨어졌다. 눈까지 부라리기에 입을 딱 닫았다. 나는 아무 소리도 안 한 거다.

15.

엄마는 내 머리가 정말로 마음에 안 드는 모양이다. 틈만 나면 커다란 빗으로 내 머리를 빗어 대더니 오늘은 헤어 뭐라고 써진 통을 내게 던졌다. 잔소리는 덤이었다. 바르면 잔소리가 잠잠해질까 하여 엄마가 던진 걸 손에 짜 바로 머리에 발랐다. 감촉이 이상했다.

"아이고, 화상아. 머리 감을 때 쓰라고 준 걸."

어쩐지 좀 미끄럽다 했다. 엄마는 나를 화장실에 밀어 넣고, 찬물을 끼얹었다. 개털이네, 개털. 이게 사람이야 개야. 그러면서 등짝을 한 대 때렸다.

"나도 개털인 거 알아."

대꾸하니 엄마가 갑자기 웃기 시작했다.

"네 꼴을 네가 일긴 해서 다행이다."

엄마는 나를 놀려 대는 데 여념이 없었다. 이게 무슨 소란이냐고 기웃거리던 할아버지도 거품 묻은 나를 보곤 웃었다. 망아지 같다며 주체할 수 없이 껄껄대다가 캑캑댔다. 캑, 컥.

웃음이 아니라 기침 같았다. 엄마의 웃음소리가 멎었다. 엄마가 내게 수건을 던지고 밖으로 뛰쳐나갔다. 아빠! 엄마가 고래고래 소리를 질렀다. 나는 수건으로 귀를 감쌌다. 하지만 기침 소리는 여과 없이 들려왔다. 문 너머에서 엄마는 괜찮냐는 말을 반복했다.

나는 눈을 꼭 감고 머리를 털었다. 물방울이 떨어지는 소리에 집중했다. 하물며 환풍기 소리, 개 짖는 소리. 그런 것들도 들어보려고 애썼다. 다행히 기침 소리는 잦아들고 엄마가 길게 한숨을 내쉬었다.

그제야 나는 밖으로 나갔다. 할아버지는 고개를 숙인 채 내게 얼굴을 보이지 않았다. 엄마 목소리는 가느다랬다.

"할아버진 괜찮아. 네 머리나 제대로 말려."

다 마르지 않은 머리끝에서 뚝뚝 물이 떨어졌다.

내 머리는 권이철처럼 노랗다. 하지만 내 인생은 아직도 어렵다.

16.

"사는 건 다 돈이야."

병원에 다녀온 엄마가 한숨을 쉬었다. 숨 쉬는 것에도 돈이 든다고. 수술비에 치료비, 입원비, 이것저것 다 합치면 자그마치 이천만 원이라고. 할아버지는 풀이 죽었다. 살아도 죽어도 이천만 원. 쌤쌤이 됐다고.

"수술 안 받을란다."

"웃기는 소리 마. 더 악화되면 수술도 못 해."

"니가 그 돈을 어떻게 감당하냐."

"왜 감당 못 해. 세상에 돈으로 해결되는 일이 제일 쉬워, 아빠."

엄마가 큰소리를 쳤다. 하지만 엄마 손은 덜덜 떨렸다.

"돈. 고것이 제일루 어렵다. 혜진아, 너도 알잖어. 나는 어차피 죽을 노인네지만 윤수는 앞날이 창창하니깐……."

"몰라!"

엄마는 할아버지 말을 단칼에 끊고 안방으로 들어가 버렸다. 할아버지는 엄마의 뒷모습을 보며 거실 찬 바닥에 주저앉았다. 주저앉은 할아버지를 보며 깨달았다.

나는 권이철을 동경하는 것이 아니었다고. 권이철이 두려운 게 아니라 같잖았고, 술술 풀리는 개 인생을 보며 화가 났고, 종국에는 그 쉬운 인생을 빼앗고 싶었을 뿐이었다고.

17.

엄마가 조용히 나만 안방으로 불렀다. 윤수야. 희미한 목소리가 들렸다. 우린 좀 더 어른스러워져야 돼.

엄마가 나를 끌어안았다. 품이 따뜻했다. 그리고 축축했다. 울면서 엄마가 속삭였다. 폐암이래. 자칫하면 손도 쓸 수 없대.

나는 할 말이 없었다. 묵묵히 듣고만 있을 수밖에 없었다. 엄마는 날 붙들고 끊임없이 속삭였다.

어지러워. 엄마는 정말 어지러워. 삶이 너무 어지러워. 윤수야.

18.

할아버지가 갑자기 자기 짐을 치운다. 집에 먼지가 많단다. 그 핑계로 이것저것 다 버리고 자신의 흔적을 지우려고 한다.

나는 할아버지가 버린 것들을 다시 주워다 놓는다. 할아버지가 버린 걸 왜 주워 오냐고 성질을 부리면 변명을 한다. 이거 아직 쓸 수 있어. 아깝잖아. 그럼 할아버지는 애매한 표정을 지으며 나를 본다. 나는 할아버지한테 뻔뻔한 얼굴로 응수한다. 이제 나는 뻔 뻔한 얼굴도 할 수 있게 되었다.

하지만 엄마는 나만치 뻔뻔하지 못하다. 엄마는 새초롬한 얼굴, 우는 얼굴, 이렇게 딱 두 가지만 할 수 있는데 요즘엔 맨날 우는 얼굴이다. 허구한 날 우는 얼굴로 어린애처럼 할아버지를 찾는다. 아빠, 아빠, 어딨어. 그럼 할아버지는 오줌 누다가도 밖으로 나온 다. 이눔아, 아빠 오줌도 못 누냐. 괜히 한 소리를 하면서 웃는다. 할아버지는 참 일관적이다. 죽는 게 뭐 그리 기다려진다고 평소 처럼 싱글벙글이다.

“할아버지.”

나는 견디지 못하고 하려다 말았던 말을 꺼낸다.

“웃고 살지 마.”

할아버지 얼굴이 굳는다.

“웃으면 우스워져.”

할아버지는 말이 없다. 하지만 곧 고개를 든다.

“아니다. 윤수야.”

할아버지가 또 웃는다.

“웃는 게 이기는 거다.”

할아버지는 웃어야 이긴다 했다. 무엇에게? 인생에게.

그깟 거에게 이겨서 무엇이 남냐고 물었더니 할아버지가 본인 이름 석 자를 댄다. 최용남.

“칠십삼 년 뼈 빠지게 산 최용남이가 남지.”

그것 말고 또 무엇이 남냐고 물으니 그게 전부라 한다. 최용남이 홀로 우두커니 남는단다.

“뭐야, 그게.”

성질을 내니 할아버지가 콧노래를 흥얼거린다. 맨날 부르는 그 대목이다.

인생은 나그네길.

19.

학교에서 돌아와선 짐만 던져두고 집을 나왔다. 요새는 집에 들어가는 게 무섭다. 나날이 마르는 할아버지 모습을 보고 싶지 않다.

간밤에는 할아버지가 갑자기 바다에 가자는 말을 꺼냈다. 엄마는 바닷바람은 차서 몸에 안 좋다고 결사반대를 했다. 할아버지는 "됐다, 됐어. 바다 안 가도 된다, 아이구." 하곤 했던 말을 철회했지만 입이 댓 발 나왔다. 나는 엄마 눈치를 보다가 할아버지에게 귀엣말로 몰래 바다에 가자고 속삭였다. 그랬더니 할아버지가 두 눈을 보석처럼 반짝였다. 바다가 그렇게 좋냐고 물으니 할아버지가 이렇게 대답했다. 바닷가에서 우리 할머니를 만나서, 그래서 그곳이 꼭 고향 같다고.

그러더니 할아버지는 할머니와의 추억 하나를 풀어놓았다. 볼품없고 작달막한 자기 손을 잡고, 당신은 참 큰사람이라고, 지는 해를 보며 할머니가 말해 주었단다. 그리고 할아버지는 창밖 노을을 보며 나지막이 읊조렸다.

할아버지는 사실 장돌뱅이 인생이 싫었다고. 이리저리 치이며 떠돌기보단 할머니가 잠든 바다에서 영원히 머무르고 싶었다고.

할아버지가 살포시 웃었다. 그 웃는 얼굴을 보니 먹먹해졌다.

그래서 바람 쐰다는 핑계로 집을 나왔다. 하지만 마땅히 갈 곳이 없었다. 결국 할아버지 인생이나 내 인생이나 매한가지였다.

나그네길.

정처 없이 걷다가 멈춰 서니 할아버지와 맨날 가던 공원이었다. 선선한 바람, 느티나무 그늘 아래 바둑 두는 노인들 모습. 모든 것이 그대로인데 할아버지만 죽어 간다. 쓸쓸하게 돌아서려는 찰나 어이쿠, 하고 뒤에서 사람 소리가 들렸다.

할아버지와 자주 바둑을 두던 노인이었다. 노인은 처음엔 나를 알아보지 못하다가 할아버지 성함을 듣고 박수를 쳤다.

"아, 최용남이 손주!"

그러고는 손을 뻗어 내 머리칼을 흐트러뜨렸다. 노란 머리가 신기한 듯했다.

"그려, 젊을 때 요런 것도 해 보아야지. 이제 좀 젊은이 같다."

노인이 갑자기 지갑에서 만 원 한 장을 꺼냈다. 용돈이라고 했다. 내가 괜찮다 하고 받질 않으니 이번에는 외상값이라 했다. 예전에 할아버지와 내기 바둑을 하고 졌는데 주지를 못했다고. 노인은 할아버지와 닮았다. 나를 조용하게 하는 법을 잘 알았다.

"감사합니다."

인사를 전하고 다시 허리를 숙이려 했다. 하지만 노인이 만류했다.

"숙이지 말어. 구겨지니께."

젊은이는 꼿꼿해야 한다고. 치기도 부리고 청춘을 누려야 한다고.

"애는 애다워야지 하는 거여."

노인이 입을 크게 벌리며 웃었다. 군데군데 이가 빠져 있었다. 어쩐지 그 모습을 잊을 수가 없었다.

20.

노인은 분명 구겨지지 말라고 했는데, 치기도 부리고 청춘도 누리라고 했는데.

고개를 숙인다. 나를 둘러싼 아이들 발끝이 보인다. 권이철과 그 패거리다. 나를 공터로 끌고 오더니 구석에 몰아넣었다. 억센 손이 머리채를 쥔다. 번들번들한 입술이 쩍 벌어진다.

"짝퉁 새끼."

연기가 눈앞에 훅 들이친다. 기침이 나온다. 눈물도 조금 나온다. 불똥이 튀어 옷깃이 까맣게 타들어 간다. 금세 동그란 구멍이 뚫린다. 그 구멍을 보며 원조 노란 머리가 말한다.

"쪽팔리니까 따라 하고 싶은 거면 제대로 해. 대가리 색만 따라 하지 말고."

그 말에 나는 속절없이 구겨진다. 구겨지고 구겨져서 더 이상 펴지지를 않는다.

나는 왜 매번 쉽사리 구겨질까. 왜 구겨져서 이리도 초라한 삶을 영위하는 걸까.

21.

현관 앞에서 멈춘다. 학교에 가고 싶지 않다. 고개를 푹 숙이고 땅바닥만 바라본다.

할아버지는 배웅하다 말고 나를 껴안는다. 별것도 아닌 것들이 나를 시기 질투하여 지랄 염병을 떠는 것이라고. 구멍 뚫린 교복 셔츠를 봤나 보다. 그래서 위로랍시고 등을 토닥이고, 손을 잡고, 할아버지 눈에는 내가 제일 대단하다고, 그러니 자신감을 가지라고 말한다.

나는 고개를 양옆으로 저으며 할아버지에게 자신감은 재능이라고 한다. 그 재능을 타고나질 못해서 나는 하릴없이 우습다. 그랬더니 할아버지는 자신감은 시선이란다.

"사람은 커 보여야 쓴다."

할아버지는 내게 신신당부를 한다.

"무조건 커야 무시를 안 당하는 기다. 그러니 절대 아래 보지 말어라."

할아버지 말 따라 고개를 위로 올렸다. 더 이상 할아버지가 보이지 않았다. 하지만 할아버지는 지금처럼만 다니라고 했다. 할아버지처럼 작은 것은 보지 말고 계속 위만 보라고 말이다. 나는 허리를 숙이지도 못하고 입만 벙긋하여 인사를 했다.

"다녀올게."

할아버지도 아득한 아래에서 인사했다.

"잘 가라."

*

하루 종일 학교에서 위선자에 난쟁이 소리를 버티고 집에 돌아왔더니 할아버지가 없었다. 엄마만 덩그러니 남아 술을 들이켜고 있었다. 어쩐 일로 일찍 들어와 술만 마시냐니까 엄마는 병나발을 불며 이렇게 말했다.

"할아버지 쓰러졌어."

나는 고개를 꼿꼿이 하고 물었다.

"그럼 언제 돌아오는데?"

엄마는 대답 없이 술병을 들었다. 그렇게 세 병을 연달아 비우더니 소파에 그대로 뻗었다. 나는 어지러워졌다.

22.

매일매일이 어지럽다. 도무지 중심을 잡을 수가 없다. 휘청휘청 지나치는데 권이철이 내 발을 걸었다. 몸이 무너지고, 고개마저 떨구어지며 아래를 보았다. 바닥이다. 밑바닥.

아래를 보며 생각했다. 할아버지는 내게 위만 보라고 했다. 하지만 위만 보고 있으면 할아버지 얼굴을 마주 볼 수가 없다. 그래서 할아버지가 내게 잘 가라고 했나 보다. 잘 다녀오라는 게 아니라.

넘어진 채 고개를 든다. 위에는 권이철이 있다. 비웃는 녀석의 팔을 붙든다. 녀석이 움찔한다. 붙잡은 팔을 잡아당기며 일어선다. 일어서면서도 시선을 떼지 않는다. 삼백짜리 시계가 짤랑대던 손목, 나보다 결 좋은 노란빛, 비싸고 좋기만 한 것들. 이제 내가 볼 수 있는 건 이런 것들밖에 없다. 조용히 욕망인지 욕인지 모를 것을 뇌까린다.

개새끼.

23.

터덜터덜 집으로 돌아와 무너져 있는데 옆집 개새끼 소리가 시끄럽다. 우리 집 현관 앞에서다. 엄마가 술병을 들고 문을 연다. 옆집 아줌마 목소리가 들린다.

"집주인이 토꼈대."

아줌마가 소리를 지른다. 엄마는 말이 없다. 아줌마가 다시 외친다.

"보증금 들고 토꼈다고!"

엄마는 또 말이 없다. 말 없는 엄마 대신 내가 앞으로 나선다.

복도에 서는데 발치가 뜨끈해진다. 고개를 내린다. 다리 아래 흰 뭉치가 있다. 그놈, 뽀삐와 눈이 마주친다.

바짓단이 뽀삐 오줌으로 축축하게 젖는다. 아줌마는 그 꼴을 보곤 놀라서 뽀삐 옆구리를 잡아채며 꾸짖는다.

"이놈 새끼. 중성화를 했는데도 이 지랄이네."

그러고는 손바닥으로 뽀삐 궁둥이를 친다. 뽀삐는 맞자마자 눈깔을 뒤집고 짖어 댄다. 주인이고 뭐고 눈에 뵈는 게 없다. 종국에는 아줌마 손에 작은 이빨 자국까지 남긴다. 아줌마는 뽀삐놈 배은망덕한 꼴을 보곤 기가 막혀 소리를 지른다.

"엄머머, 야! 뽀삐! 김뽀삐!"

아줌마 호통에 질세라 뽀삐가 짖어 댄다. 뽀삐 짖는 소리가 빌라 복도에 울려 퍼진다.

컹컹컹컹컹컹.

밤중에도 계속 울려 퍼진다.

24.

아줌마 말대로 집주인은 얼마 되지 않는 보증금을 알뜰살뜰 긁어모으고 토꼈다. 집주인은 엄마가 고등학생이던 시절 가장 친한 친구였다. 엄마는 더 술을 퍼먹기 시작했다.

사람들은 이게 다 사기당한 우리 엄마 잘못이라고 했다. 이사

올 때 불법 건축물은 아닌지, 대출이나 사기 전적은 없는지 잘 확인하지도 않고 덥석 사람을 믿어 된통 당한 것이라고.

엄마와 아빠가 이혼했을 때에도 마찬가지였다. 지 마누라 놔두고 새파랗게 어린 여자랑 바람 피운 놈에게 위자료도 두둑이 안 뜯었다고. 차라리 짐 덩어리인 애는 남편한테 주고 새출발할 것이지, 돈도 없으면서 자기가 부둥켜안았다고.

호구. 엄마는 진짜 호구 새끼였다.

25.

몽롱한 채 일어선다. 창밖이 푸른 걸 보니 아침이다. 방문을 연다. 술 냄새, 개 오줌 냄새, 빨래 냄새, 곰팡이 냄새. 온갖 냄새가 진동을 한다. 옷을 대충 걸쳐 입고선 뭐 하나 먹지도 않고 집을 나선다. 내려가며 난간을 잡지만 난간은 그리 튼튼하질 못하다. 손이 닿을 때마다 난간이 비명을 지른다. 결국 나는 미끄러져 밖으로 떨어진다.

절뚝거리며 떨어진 가방을 주워 든다. 교복은 너절하고 머리는 끼치집에 절름발로 교실 문을 여니 이미 지각이다. 선생님이 못마땅한 눈빛으로 교탁에서 모의고사 성적표를 꺼내 주신다. 참 작은 숫자다. 선생님은 나보고 좀 보자 한다. 나는 덜덜 떨며 교무실로 들어간다.

선생님은 본인 자리에 앉자마자 한숨부터 쉰다. 내 비루한 점수를 톡톡 손가락질하더니 빨리 그 머리카락부터 좀 어떻게 해 보라고 한다. 머리 꼴이 그 모양이라 성적이 이 모양이 되었다고. 머리가 검어지면 성적도 돌아올까요. 그렇게 물으니 선생님은 진지하게 그렇다고 한다. 선생님은 정말로 노란 머리가 나를 망쳐 놓은 줄 안다.

26.

문제집을 펼쳐 놓고 목표였던 대학 이름을 적다가 개판이던 모의고사 성적표를 떠올린다. 펜 끝을 톡톡 누른다. 펜촉 아래에서 글자들이 뭉그러진다. 펜을 집어 던지고 일어선다. 길게 검은 선이 그인다. 나는 다 술 냄새 탓으로 돌린다. 탓하다 보니 화가 난다. 술 냄새 따라 발을 옮겨 가장 냄새가 심한 안방 문을 열어젖힌다. 엄마가 또 술을 마시고 있다. 침대 밑에 소주병이 그득하다. 엄마는 술병을 든 채 고개를 든다. 눈이 마주친다.

뭐라도 한마디 하고 싶었는데 막상 엄마를 보니 아무 소리도 안 나온다. 엄마는 술병을 내려놓더니 두 팔을 허우적허우적, 그러다가 날 붙잡는다. 붙잡아서는 대뜸 나에게 미안하다고 한다.

이런 못난 엄마라 미안해. 너 아빠 없는 자식으로 만든 엄마라, 찢어지게 가난한 엄마라, 엄마가 정말 미안해. 할아버지도 저 지경이 되어서, 엄마는 널 볼 면목이 없어. 미안하다는 말밖엔 정말 할 수가 없어. 엄마가 미안해, 윤수야.

그러면서 엄마가 나를 끌어안는다. 나는 참담하고 지긋지긋해진다. 그래서 우는 엄마를 떨쳐 내고 똑바로 선다. 꼿꼿하게, 위만 바라보며 말한다.

"나는 미안하다는 말이 제일 싫어."

그리고 도망치듯 안방에서 나와 내 방에 틀어박힌다. 미운 소리나 지껄인 내 주둥이를 한 번 치곤 엄마의 우는 얼굴을 잊어 보려 침대에 엎어진다. 엎어져선 생각한다.

돈.

돈이 있으면 힘이 생기고, 자신감이 생기고, 행복해질 텐데.

27.

뒤척이다 간신히 한두 시간 선잠을 잔다. 잠들어서는 꿈을 꾼다.

꿈속에서 할아버지는 건강해졌고, 엄마는 부자가 되어서 할아버지 손을 잡고 환히 웃는다. 나는 큰사람이 되었다. 우뚝 선 내 곁에서 친구 같은 사람들이 박수를 쳐 준다. 내게 화관을 씌워 주고 트로피도 건네주고 폭죽을 터뜨린다. 컹.

컹 소리에 눈을 끔쩍인다. 해는 이제 막 지평선을 넘어오고 엄마는 자고 할아버지는 병원이고 내겐 화관도 없고 트로피도 없다. 폭죽 대신 옆집 개 소리만 생생하다.

꿈은 이토록 나를 비참하게 만든다. 그러니 꿈보단 욕망이 낫다. 그리하여 나는 일어선다.

방문을 열어 틈새로 엄마를 본다. 고요하다. 술병을 치운다. 엄마는 여전히 요지부동이다.

창문을 열고 환기를 시킨다. 방 안 가득했던 술 냄새가 서서히 가신다. 엄마를 두고 방을 나간다. 조심조심 문을 닫는다.

부엌으로 나와 냉장고를 연다. 먹을 것이 아무것도 없다. 찬장을 뒤지다 통조림 하나와 3분 카레와 즉석 밥 몇 공기를 발견한다. 다행히 유통기한은 넉넉하다. 카레 포장지를 뜯어 즉석 밥과 함께 전자레인지에 돌린다. 3분이 지나고 흰 밥 두 그릇에 카레를 붓는데 엄마가 방에서 나온다. 달그락거리는 소리 때문에 깼나 보다. 아니면 그보다 한참 전부터 깨어 있었거나.

나를 물끄러미 바라보는 엄마를 등지고 수저 두 개를 놓는다. 엄마가 머뭇거리며 자리에 앉는다. 하지만 엄마는 한 술도 뜨지 않고 또 울 것 같은 얼굴로 나를 보기만 한다.

결국 나는 수저를 내려놓고,

"나는."

낯설게 욕망을 입 밖에 낸다.

"나는 엄마랑 웃으며 밥 먹고 싶어."

그러자 엄마는 잠시 멍하게 나를 보더니, 금세 수저를 단단히

쥔다. 입을 크게 벌리고 카레를 집어넣기 시작한다. 며칠 굶은 사
람처럼 계속 욱여넣는다. 그렇게 순식간에 한 공기를 싹 비우더
니 우는 것처럼 웃는다.

28.

그날 저녁 엄마는 사 두었던 술을 하수구에 다 버렸다. 청소기
를 싹 돌리고, 장을 봐 온 다음 마른반찬 몇 가지로 냉장고를 채우
고 옷을 차려입었다. 엄마는 오늘부터 정신 똑바로 차리고 병원
에서 할아버지를 돌볼 거라고 했다.

골목에 세워 놓았던 프라이드가 길모퉁이로 빠져나갔다. 그 모
습을 창 너머로 보다가 나는 등을 돌렸다.

29.

알람이 울린다. 눈을 비비며, 배고파, 할아버지. 말하고는 할아
버지가 없는 것을 깨닫는다. 나는 또 습관처럼 엄마가 일어났는
지 살피러 가려다가 걸음을 멈춘다. 생각해 보니 엄마도 없다.

엄마가 해 둔 반찬을 꺼내고 즉석 밥 하나 데우고, 홀로 텔레비
전을 켠다. 바둑이 나온다. 백은 흑에게 축으로 몰리고 있다. 공을
몰아붙이듯 상대의 퇴로를 차단하며 한 방향으로 쭉 몰아치는 것

을 축이라 한다. 백은 속수무책으로 몰린다. 차근차근, 바둑판 끝까지. 더 이상 백에게 활로는 없다.

텔레비전을 끈다. 빈 그릇 들고 자리에서 일어선다. 설거지는 나중으로 미루고 가방을 챙겨 든 다음 텅 빈 집에 인사한다. 다녀오겠습니다.

대답이 없다. 차근차근 숨통이 조여든다.

학교에 가도 대답은 없다. 나는 유령이다. 말 한마디 없이 앉아 공부를 하다가 쉬는 시간이 되면 아이들이 낄낄대는 소리를 듣는다. 나에 대한 욕이든 비웃는 소리든 자리에 똑바로 앉아서 듣다가 눈시울이 뜨거워지면 화장실에서 얼굴에 냉수를 끼얹는다. 몇 번이고 그러다가 서늘한 눈꺼풀을 떨며 고개를 든다. 거울 속에 무척이나 꼿꼿해진 내가 보인다. 한동안 고개를 숙인 적이 없어서다. 꼭 목석같다. 도무지 사람 꼴로는 보이지 않는다. 소름이 돋는다.

30.

휴대폰을 켠다. 퍼런 불빛에 잠겨 스크롤을 내린다. 눈에 익은 물건이 중고 판매 게시글로 올라온 것이 보인다. 권이철의 삼백만 원짜리 시계를 팔십만 원에 올려놓고 팔고 있다. 판매자 닉네임은 JUSTICE다. 지금껏 총 스물다섯 개의 물건이 판매되었고, 열 개의 물건이 판매 중이다. 게시물에는 어디에 생활 기스가 있고, 에누리는 안 된다고 적혀 있다.

나는 머릿속으로 시급을 계산해 본다. 할아버지는 반나절 동안 전단지를 돌리고 한 시간에 만 원도 채 못 벌었다. 엄마는 지방을 돌며 전기 기능사로 한 달에 삼백 벌어 집세를 내고 병원비에 빚까지 갚는다. 반면 누구는 삼백을 시계 사는 데 한 방에 태운다.

신경질적으로 휴대폰을 내려놓다가 놓친다. 휴대폰이 손끝에서 미끄러지며 침대 밑으로 퍽 떨어진다. 들어 보니 액정 끄트머리가 나갔다. 돈은 염병 나가기만 하고 잠은 쥐뿔도 안 온다.

31.

엄마는 병원에 간 뒤로 소식이 없다. 할아버지도 마찬가지다. 입원한 지 근 이 주는 넘은 것 같은데 내게 전화 한 번 없다. 아직도 많이 아픈가 보다.

할아버지와 자주 찾았던 공원에 간다. 공원에 아무도 없다. 주인을 기다리는 판때기들만 일렬로 늘어서 있을 뿐이다. 판때기 앞에서 멍하니 허공을 본다.

나무, 풀꽃, 작은 모래 알갱이. 그런 것들이 느껴진다. 까마귀의 울음소리, 바람 소리, 그런 것들도.

문득 외로워진다.

32.

　결국 버스 정류장 앞에 선다. 버스를 기다리다가 정류장 옆 보도블록에 쭈그려 앉아 과일을 파는 할머니와 눈이 마주친다. 빨간 광주리에 빨간 방울토마토가 한 아름 담겨 있다. 못 본 척하려다가 듬성듬성한 허연 머리를 보고 주머니에서 구겨진 지폐 몇 장을 꺼내 건넨다. 할머니는 정말 고맙다고 내 손을 꼭 쥔다. 땡볕 아래서 타 버린 손이 무척 거칠다.

　비닐봉지를 달랑이며 버스에 탄다. 병원 앞에서 내리니 눈앞이 온통 하얗다. 흰 건물 안에 들어간다. 흰 환자복을 입은 사람들이 내가 가장 싫어하는 냄새를 풍긴다. 약 냄새.

　냄새를 헤치고 병실 문을 연다. 제일 먼저 엄마가 보인다. 엄마는 나를 보곤 연락하고 오지 그랬냐며 놀란 얼굴을 하다가 나를 제일 안쪽으로 데려간다. 조심스레 커튼을 젖히니, 누워 있는 할아버지가 보인다. 할아버지는 그토록 좋아하는 손주가 왔는데도 일어서지를 못한다.

　엄마는 한 손으로 내 가방을 받아 들고는 다른 손으로는 젖은 수건을 들고 할아버지 몸을 구석구석 닦는다. 할아버지는 아아. 입을 옹송그린다. 윤수야. 내 이름 석 자가 아주 힘겹게 밖으로 나온다.

　끔찍하다.

망연자실해 서 있는 나를 끌고 엄마가 복도로 나간다. 비상구 앞에 서서는 할아버지는 이미 말기에 접어들었다고 한다. 진행 속도가 너무 빨라서 가망이 없을 것 같다고.

가망 운운하는 소리에 엄마 손을 떨쳐 낸 채 뛴다. 정처 없이 뛴다. 사람이 없는 곳으로 내달리며 비라도 내리길 바란다.

하지만 하늘은 말갛다. 빌어먹게도 말갛다. 구름은 예쁘고, 날은 파랗고, 매미는 운다. 엉엉 운다. 우는 소리를 가르고 사이렌을 울리며 앰뷸런스가 선다. 시뻘건 불빛을 내뿜으며 한 아이를 내린다. 기껏해야 네다섯 살 되어 보이는 아이였는데 의식이 없다. 아이는 들것에 실려 가고 엄마와 아빠로 보이는 사람들이 뒤를 쫓는다. 그 모습을 보며 생각한다.

아, 사람은 나약하구나. 나약하게 태어나서 나약하게 살다가 나약하게 죽는구나.

그랬더니 울음이 그친다.

33.

해 질 녘이 되어서야 병실로 돌아온다. 세수하여 부은 눈을 가라앉히고 씻어 온 토마토를 꺼낸다.

"토마토야."

할아버지는 손을 바들바들 떨면서 토마토를 한 알 집어 입에 넣는다. 고작 한 알 먹는 데 시간이 참 오래 걸린다. 할아버지는 그 작은 것을 쉬이 씹지도 못하고 삼키지도 못한다. 나는 침대 옆 바닥에 주저앉아 토마토를 작게 자른다. 그러다 힘을 잘못 주어 토마토 하나가 톡 터지고 손끝이 노래진다. 흐물흐물해진 토마토를 할아버지 입에 가져다 댄다. 엄마는 그 꼴을 보기가 힘들었나 보다. 화장실 간다며 병실을 나가 버린다.

엄마가 나가자 할아버지는 포크를 밀어내고는 누워 버린다. 애꿎은 토마토만 접시 위에 덩그러니 남는다. 더 안 먹냐고 물었더니 할아버지는 미안하다고 한다.

결국 남은 토마토는 전부 내 입에 들어간다. 병실에는 시큼한 냄새가 풍긴다. 옆 병상 할머니가 냄새난다고 신경질을 내길래 창문을 연다. 선선한 바람이 불어온다. 바람 소리에 할아버지 우는 소리가 묻힌다. 할아버지는 바깥이 어둑해질 무렵이 되어서야 눈곱 가득 낀 얼굴로 이불 밖에 나와 나를 안는다.

"윤수야, 할애비는, 부질없어도 좋으니 쪼깨 더 살고 싶다."

나는 할아버지 등을 토닥이며 나지막이 속삭인다.

"걱정하지 마, 할아버지. 내가 아주 큰사람이 될게."

아주 크고, 무겁고,

더러운 사람이 될게.

34.

할아버지가 잠든 모습을 보고 병실을 나온다. 나오자마자 멍청히 복도 구석에 주저앉는다. 약을 담은 트레이와 기다란 수액 줄이 이리저리 오간다. 병상에 실린 환자들과 새하얀 가운의 의사들이 나를 스치고 지나간다. 다들 바쁘고 음울한데 딱 하나 웃는 소리가 들린다. 고개를 돌리니 저 멀리 민머리 여자가 보인다. 옷 위로도 뼈가 도드라져 보일 정도로 마른 여자다. 여자가 가족들에게 둘러싸인 채 말한다.

"난 포기했어."

여자의 가족들은 그런 말 하지 말라고 넌더리를 친다. 포기라니. 어디서 그런 못된 말을 뱉냐고. 그 말에 여자는 흠뻑 웃는다. 그리고 병원을 떠난다. 눈으로 여자의 뒷모습을 쫓다가 자리에서 일어난다. 병실에 돌아오니 창밖에 빗소리가 뚜렷하다. 할아버지는 아직 몽중이고, 엄마는 나를 기다리고 있다. 엄마가 내 부스스한 머리를 손으로 쓸어 넘긴다.

"병원에 오래 있어 봤자 좋을 거 없어."

엄마는 내게 우산을 건넨다. 그리고 이만 가라며 등을 떠민다.

"큰사람이 되려면 돌아보지 마. 인생은 나아가는 거야."

나는 엄마를 부르려다가 등지고 한 발 앞으로 걷는다. 그리고 또 한 발, 또 다른 한 발.

그러다 보니 어느덧 병원 밖이다. 빗물이 튀긴다. 신발은 젖어
가고, 귀에는 빗소리뿐이다. 나는 빗속을 나아간다.

제3국

사활

1.

뒤돌아보지 마라. 나아가라.

나아가라. 나아가.

눈을 뜬다. 허리가 찌뿌둥하다 했더니 침대 밑이다. 자다가 굴러떨어졌나 보다. 저린 팔을 뻗어 몸을 일으킨다. 소매를 걷어붙이고 얼굴과 손을 깨끗이 씻는다. 그리고 쌀을 박박 씻어 밥을 지은 다음, 냉장고에서 반찬 몇 가지를 꺼낸다. 그래도 무언가 부족해 보여 계란 하나를 더 부친다. 밥상이 꽤 그럴싸해진다.

숟갈 하나를 꺼내 놓고 홀로 식탁에 앉는다. 김이 나는 밥을 한 술 뜨고 위에 반찬을 얹어서 꼭꼭 씹어먹는데 갑자기 눈물이 찔끔 나온다. 손등으로 눈을 비비고 다시 크게 입을 벌린다. 잘 먹어야 큰사람이 되지. 그렇게 생각하며 한 공기를 비운다.

2.

"싫어."

거절하는 연습을 한다. 소리는 쥐꼬리만 하고 목구멍은 간질간 질하다. 참지 못하고 몇 번 재채기를 한다. 나는 거절하는 것에 알 레르기가 있는 듯하다.

하지만 물 한 컵 벌컥벌컥 들이켜고는 다시 심기일전하여 연습 을 한다. 더는 호구로 있어서는 안 되는 까닭이다. 그리하여 속절 없이 물만 들이켜다가 하루가 끝난다.

3.

운동을 시작했다. 예전처럼 계획만 세우지 않고, 이번에는 정말 제대로 해 보기로 했다. 후드를 대충 걸쳐 입고 이른 아침부터 무 작정 집을 나섰다. 핫둘 핫둘, 의미 없는 구호를 붙이며 공원을 뛰 는 사람들이 몇 있었다. 그 사람들 사이에 섞여서 팔다리를 휘적 였다. 핫둘 핫둘 하고 구호도 따라 외쳤다. 그렇게 간신히 다섯 바 퀴 돌고 벤치에 뻗었는데 낯이 익은 노인이 보였다. 할아버지와 바둑을 두던 노인. 나는 일어서서 인사를 건넸다.

"안녕하세요."

노인은 대뜸 내게 "누구요." 하고 물었다. 얼굴도 몇 번 보고, 대화도 길게 나누었는데 노인은 내게 초면이라 했다. 내 인상이 그토록 흐릿했나 보다. 나는 또 할아버지 이름을 대었다. 노인은 또 그제야 고개를 주억거렸다.

노인이 할아버지는 어디 갔냐고 물었다. 나는 할아버지 입원 소식을 전했다. 노인은 잠시 말을 잃었다. 그러다 멋쩍게 웃고는 "그 양반 빨리 좀 나오라 해. 나 미칠 지경이여."라고 말했다. 정말 그리 보였다. 셔츠 단추는 잘못 채워졌고 신발은 짝짝이였으니. 나는 노인의 옷차림에 눈길을 주며 물었다.

"어디 가는 길이셨어요?"

"……몰러."

노인이 눈을 깜빡였다. 나는 질문을 바꿨다.

"바둑 두러 가는 중이셨죠?"

노인은 바둑, 바둑, 하고 되짚었다. 불현듯 노인의 두 눈에 총기가 돌았다.

"그랬던 것 같어."

노인은 내게 고맙다고 말했다. 요즘 들어 깜빡깜빡하는 일이 잦은데 덕분에 생각이 났다고. 노인이 내 머리를 쓰다듬었다. 그 손길에 할아버지 생각이 났다. 나는 노인을 바둑판이 놓인 정자까지 데려다주고 또다시 달렸다. 햇살이 따스하고 공기가 상쾌했다. 기분이 좋았다. 그 대신 다리는 좀 아팠다.

4.

요 며칠 사이 키가 큰 것 같다. 바짓단이 살짝 짧아졌다. 열심히 달린 덕택인가. 뛰었더니 얼굴에 열이 오른다. 손부채질로 몸을 식히는데 손끝에서 반창고가 떨어진다.

손톱이 벌써 꽤 길었다. 나는 생경하게 손톱을 매만지다가 반창고를 전부 벗긴다. 손끝이 허옇게 불어 있다. 허공에 손을 몇 번 휘적인다. 바람이 닿을 때마다 전율이 인다.

낯설다. 낯선데, 한 뼘 더 가까워지고 싶다. 이 감각을 홀로 만끽하는 것은 아깝다는 생각이 든다. 망설임 끝에 할아버지에게 전화를 건다. 할아버지는 다행히 전화를 바로 받는다. 내가 전보다 키가 조금 더 컸다고 하자, 할아버지는 그 걸걸한 목으로 환호성을 지른다. 나는 저번에는 김치찌개도 혼자 끓였고 집도 정말 깨끗이 치웠고, 혼자서도 잘 살고 있다고. 그렇게 이어 말하고 싶지만 숨넘어갈 것 같은 기침 소리에 전화를 끊는다.

한시바삐 큰사람이 되어야만 한다.

5.

일부러 몸짓에 힘을 싣는다. 걸음걸이 하나에도 안간힘을 다한다. 쿵쿵 발소리가 울리게 걷고, 교실 문을 쾅 열어젖힌다.

몇몇 아이들의 의아한 시선이 꽂힌다. 나는 습관처럼 올라오는 미안하다는 말을 애써 삼키고 가방을 던진다. 쿵. 그리고 내 자리 옆에서 몇 분을 가만히 서 있는다. 그 몇 분 동안 아이들의 비난 소리를 상상한다.

예상외로 아무 일도 일어나지 않는다.

나는 안도한다. 남몰래 가쁜 숨을 내쉬며 가방을 걸고 책상 정리를 한다.

그때 갑자기 뒷자리 애가 나를 부른다. 나보고 펜 좀 빌려줄 수 있냐고 묻는다. 나는 습관적으로 고개를 끄덕이려다가 멎는다.

거절을 해야 하는데, 입이 열리지 않는다.

그사이 그 애는 내 필통에 손을 뻗고, 이대로는 안 된다는 생각에, 나는 차마 떨어지지 않는 입술을 억지로 벌리고,

시, 싫…….

"싫어."

눈도 못 마주치며 어물어물 내뱉는다. 내가 거절할 것을 상정하지 않았는지 시종일관 웃는 낯이던 그 애 얼굴이 싹 굳어진다. 침묵이 흐른다. 식은땀이 등줄기를 타고 흐른다. 나는 금세 미안하다고 밀하고 싶어진다. 시계 초침 소리가 이어질수록 불길한 상상이 나래를 활짝 펼친다. 따돌리면 어떡하지.

그러다 문득 난 이미 따돌림당하고 있다는 사실을 깨닫는다.

실실 웃음이 나온다.

6.

가벼운 발걸음으로 고개를 넘는다. 힘이 넘쳐 집까지 한달음이다. 드디어 거절에 성공했다고 웃으며 현관을 연다. 곧 큰사람이 될 수 있을지도 모른다는 생각에 콧노래를 부르며 셔츠를 벗는데 등에서 무언가 떨어진다. 노란 포스트잇이다. 대문짝만하게 글씨가 쓰여 있다.

난쟁이.

웃음이 멎는다.

7.

온 신경이 곤두선다. 옷깃이 스치는 모양새, 팔랑대는 종잇장의 윤곽. 무엇 하나에서도 눈을 뗄 수가 없다. 머리 위에서는 선풍기가 털털거리고 나는 일어나서 노란 포스트잇을 본다. 권이철 책상 위에 있다.

8.

선생님이 휘슬을 분다. 수행평가를 하러 아이들이 교대로 나온다. 차례를 마친 권이철은 팔자 좋게 그늘에 누워서는 쪽에게 삿

대질하며 물을 떠 오라고 시킨다. 쫄이 급하게 정수기에서 물을 받아 와서 권이철에게 건넨다. 쫄이 쥔 물병이 위아래로 떨린다. 권이철은 물병을 잡는 대신 쫄을 향해 손을 든다. 확, 씨.

"뚜껑을 따야 할 거 아니야. 이대로 처마시냐?"

"미, 미안. 아."

쫄은 사과를 하다가 혀를 씹는다. 가뜩이나 쫄의 말은 알아듣기가 힘든데 이젠 한 마디도 알아들을 수가 없다. 권이철은 그런 쫄을 보고 쯧쯧 혀를 차더니 물병을 빼앗고 시원하게 들이켠다.

나는 권이철이 물을 마시는 모습을 바라본다. 눈을 가늘게 뜬 모습, 입을 쭙쭙거리는 모습, 페트병을 어그러뜨리는 모습. 그 모든 걸 유심히 보다 시선을 들킨다. 물병을 내려놓은 권이철이 인상을 찌푸리며 무어라 읊조린다. 나는 그 입 모양을 읽는다.

음침한 새끼.

음침한 새끼가 자리에서 일어선다. 터벅터벅 다리를 옮겨 그 패거리 앞까지 간다. 아이들 떠드는 소리가 뭉개진다. 알아듣기 힘들 정도로 처참하게 뭉개진다. 오직 하나, 권이철 웃는 소리만 선연하다. 모든 신경이 그 녀석에게 쏠린다. 내 뱃속에서부터 진득한 것이 기어 올라온다.

죽여 버리고 싶다.

9.

불이 나는 이마를 책상에 박는다. 얕은 호흡을 들이마시며 손톱을 뜯는다. 가시 돋친 것이 내 안에서 활개를 친다. 파괴적이고 폭력적이다. 낯선 감각이다.

그때 선생님 목소리가 들린다. 김윤수, 집중해야지. 전보다 목소리에 날이 서 있다.

뭉그적거리며 펜을 쥔다. 선생님이 칠판에 사회 변동 이론 중에 진화론을 적으신다. 인간과 사회는 늘 진화하는 방향으로 나아간다고.

그렇다. 나아간단다.

나도 나아가야 하는데.

10.

반듯한 것이 싫어졌다. 정돈된 것들을 보면 참을 수가 없다. 어지러워서 어지럽히고 싶다. 그리하여 계속 긁는다. 벅벅 긁는다.

11.

공부를 제쳐 두고 몇 푼 되지 않는 돈으로 피시방에 갔다. 재미도 없는 게임을 돌리며 시간을 낭비했다. 한참 후 피시방에서 나와 집으로 가는데 엄마한테서 전화가 왔다. 엄마는 공부 잘 하고 있냐고 물었다. 나는 잘 하고 있다고 거짓말을 했다.

엄마는 당연하게도 내 말을 믿었다. 나를 걱정하며 용돈을 보낼 테니 혼자 있어도 잘 챙겨 먹으라고 했다. 토마토 같은 거라도 사 먹으라고. 나는 자리에 멈춰 섰다.

"엄마."

엄마가 응, 하고 답했다.

"나 토마토 싫어해."

엄마가 조용해졌다. 나는 전화를 끊었다.

12.

조회 시간에 선생님이 아이들을 둘러보며 요즘 풀어지는 애들이 많다고, 정신 똑바로 차리라고 잔소리를 했다. 그리고 슬쩍 나를 봤다.

"니들 내신이고 수능이고 힘든 거 알아. 하지만 지금이 니들 인생에서 가장 중요한 시기야."

선생님의 목소리에 힘이 들어갔다.

"놀고 싶어도 참아. 그럼 나중에 꼭 행복해진다."

행복. 나는 선생님을 붙잡고 묻고 싶어졌다.

정말 참으면 행복해질 수 있나요?

13.

우연히 쫄이 도둑질하는 모습을 목격했다. 5교시 쉬는 시간, 쫄의 짝이 화장실을 가느라 잠시 자리를 비운 때였다. 쫄은 짝의 책상에서 이어폰을 슬쩍하곤 자기 서랍에 넣었다.

짝은 방금까지 있던 이어폰이 없어지자 당황스러워했다. 자기 가방을 뒤집고, 바닥을 수차례 살피며 혹시 여기 있던 이어폰 못 봤냐고 물었다. 쫄은 아무것도 못 봤다고 답했다.

쫄은 아주 행복해 보였다.

14.

쫄의 중고 거래 계정에 이어폰 한 짝이 올라왔다. 지난번에 올라온 비싼 시계는 아직 판매되지 않았지만 다른 물건들은 전부 다 판매되었다.

쫄은 도둑질 몇 번으로 몇십, 몇백을 꽁으로 번다. 그래서 쫄은 웃었나 보다.

역시 행복은 돈이다. 돈이 있어야 사람답게 살 수 있다. 그래서 엄마 몰래 아르바이트 자리를 구했다. 전단지 알바다. 월, 수, 금

학교 끝나면 가게로 곧장 달려가 사장에게서 전단지를 받고 역 앞에서 나누어 준다. 해가 저물면 가게로 돌아가 사장에게 남은 잔량을 보고한다. 그럼 사장은 나에게 장당 사십 원을 준다. 보수는 적지만 그다지 어려운 일은 아니다.

하지만 첫날에는 전단지를 반이나 남겼다. 어리숙하게 역 앞에 서서는 시간만 낭비했다. 힘들게 용기를 내어도 사람들은 눈길 한 번 주지 않았다. 돌아가서는 사장에게 혼이 났다. 무슨 애가 그렇게 어리바리하냐고, 그딴 식으로 할 거면 그만두라고 했다.

둘째 날에는 좀 더 공격적으로 전단지를 내밀었다. 하지만 사람들은 여전히 받질 않았다. 손을 뻗는 타이밍이 어긋나 몸끼리 부딪히기도 하였다. 나와 부딪힌 행인은 크게 화를 내었다. 거리 한복판에서 내게 욕을 퍼부었다. 나는 죄송하다고 수차례 허리를 숙였다.

셋째 날은 무척 더웠다. 습도도 높아 전단지가 물먹은 휴지처럼 축 늘어졌다. 사람들은 아주 빠른 속도로 나를 스쳐 지나갔다. 그 결과 전단지가 또 삼분의 일가량 남았다. 가게로 돌아가는데 쓰레기통이 보였다. 그 앞에 섰다. 남은 전단지를 바라봤다.

버릴까

고민하다가 그냥 들고 가게로 왔다. 사장에게 또 혼이 났다. 사장은 앞으로는 장당 삼십 원이라 했다.

오늘이 넷째 날이었다. 비장하게 전단지 한 뭉치를 들고 서 있는데 아는 얼굴을 마주쳤다. 권이철과 권이수, 그리고 그 어머니와 아버지였다. 가족은 단란하게 거리를 거닐며 주식 오른 얘기를 하다가 나를 보았다. 아버지 되는 사람이 나를 스쳐 지나가며 너네는 저렇게 살면 안 된다고 하는 소리를 들었다.

예정보다 일찍 가게로 돌아갔다. 제자리에 전단지를 내려놨다. 사장에게 이제 그만두겠다고 말했다. 사장은 크게 화를 냈다. 다짜고짜 일을 그만두는 게 어디 있냐고. 그리고 마지막 보수로 동전 몇 개를 던져 줬다.

이걸로 행복을 사기에는 턱없이 부족했다.

15.

다음 날 권이철은 수업이 시작하기도 전에 나를 찾아왔다. 내가 길거리에서 전단지를 돌렸던 걸 선생님께 이르겠다고 권이철이 말했다. 학교 교칙에 알바 금지 있는 거 모르냐고. 징계받기 싫으면 딱 한 가지 방법이 있댔다.

"성의를 보여야지."

권이철이 자기 가방을 바닥에 툭 던졌다. 나를 보며 턱짓했다.

"뭐 해, 주워."

어쩔 수 없이 허리를 숙였다. 나를 내려다보는 시선이 느껴졌다. 등허리를 훑고 쭉. 떨리는 손끝이 권이철의 가방에 닿았다. 천천히 주워 드는데 위에서 픽, 바람 빠지는 소리가 났다. 그리고 내 손등에서 느껴지는 압박감. 권이철이 내 손등을 지그시 밟았다.

"실수."

그러고는 하하 웃었다. 그 웃음소리가 오랫동안 뇌리를 맴돌았다.

16.

도무지 마음이 가라앉지 않는다. 잠도 오지 않는다. 벌써 시침은 새벽 2시를 가리키고 있는데도.

집은 무척이나 조용하다. 사람 소리는커녕 오늘따라 개소리도 들리지 않는다.

적막을 참지 못하고 텔레비전을 켠다. 뉴스 앵커가 물값이 올랐다고 떠들어 댄다. 가뜩이나 살기 힘든데 더 힘들어졌다고 한다. 듣기 싫어 바둑으로 채널을 바꾼다. 백이 돌 두 점을 집어 판 가장자리에 올린다. 패배를 선언하는 바둑만의 방법이다. 해설 위원은 이걸 불계패라고 설명한다. 자기가 졌다는 걸 인정한 거라고.

그 말을 들으며 내 삶이라는 것을 돌이켜본다. 늘 당하고, 잃고, 그러면서도 싫은 소리 한 번 못 하고, 한심하게 늘 패배만 하는.

충동적으로 리모컨을 집어 던진다. 탕 소리와 함께 플라스틱 파편이 튄다.

나는 급히 파편을 줍는다. 호기롭게 던질 때는 언제고 머릿속
엔 리모컨이 얼마인지 어디서 사야 하는지 그따위 생각으로 가득
하다. 그러다 눈앞이 시뻘겋게 변한다. 파편에 찢어진 발바닥에서
피가 흐른다. 나는 개판 한가운데 서서 웃는다.

하, 하.

참 개 같은 인생이다.

17.

난장판인 집 안을 치우지도 않고 학교에 왔다. 빈속으로 매점에
서 산 커피를 쭉 들이켠다. 심장은 더 거세게 뛰고 머리는 멍하다.
눈앞에 쫄이 보인다. 나는 충동적으로 쫄에게 묻는다.

"복수하면 행복해?"

쫄은 처음엔 당황스러워하다가 이내 입가에 미소를 띤다. 자기
주머니를 뒤집더니 물건 하나를 보여 준다. 선생님의 지갑이다.

쫄은 진짜 미친놈이다. 도벽이라는 병에 걸려 답도 없다.

미쳐 버린 건 나도 마찬가지다.

18.

오늘도 일찍 학교를 나서는데 선생님이 나를 붙잡았다. 요즘 왜

자꾸 야자를 빠지냐고, 혹시 집에 무슨 일 있냐고. 나는 웃음기 없이 답했다.

"있으면요?"

"선생님이 도와줄게."

"괜찮아요."

붙잡혀 있던 소맷자락을 툭툭 털었더니 선생님은 얼빠진 얼굴로 나를 봤다. 마치 내가 자기 도움을 거절하면 안 되는 사람인 것처럼.

"제가 불쌍하세요?"

선생님은 답을 하지 못했다. 하지만 표정으로 대답을 알아챘다. 불쌍해.

19.

동정이 싫다. 불쌍하다는 소린 이제 지긋지긋하다.

날 불쌍하게 만든 할아버지의 작은 키가 원망스럽다. 엄마의 가난이 원망스럽다. 집 나간 아빠는 두말할 것도 없다.

그냥 다 얼싸안고 죽어 버릴걸.

모든 게 원망스러워서 흔들리는 나뭇가지에도 원망을 하고, 유독 쌀쌀한 사람들 눈빛에도 원망을 하고. 원망해 봤자 아무것도 남는 게 없다는 걸 알면서도, 나는 끝끝내 삶까지 원망스러워서,

이럴 바엔 차라리.

20.

발밑은 절벽이다. 나는 지금 존재의 끝에 서 있다.

멍하니 텔레비전을 켠다. 일주일 전 예능의 재방송을 하고 있다. 저들끼리 껄껄거리다가 돌연 뜀박질한다. 한참을 뛰던 두 사람이 막다른 길에 몰린다. 한 사람이 묻는다. 이제 어떻게 할 거야? 다른 사람이 대답한다.

죽기 살기로 해야지. 수단과 방법을 가리지 말고.

시선이 멈춘다. 아주 오래 머물러 있는다.

21.

권이철을 본다. 나는 이제 늘 권이철을 바라본다.

권이철이 일어선다. 나도 따라서 일어선다. 권이철이 고개를 돌린다. 눈을 깜빡인다. 미간을 찌푸린다. 한 걸음 다가온다.

"야."

그러면서 권이철이 내게 가방을 던진다. 쿵 소리가 교실에 울린다.

"가방 들어."

시선이 모인다. 입안이 바짝 마른다. 메마른 혀를 간신히 굴려 알았다고 답한다. 권이철은 빨리빨리 좀 움직이라며 혀를 찬다.

"사람 기다리는 거 안 보이냐. 나 시간 낭비하게 하지 마."

권이철 목소리가 점점 커진다.

"너랑 나는 시간당 가치가 다르지. 전단지 그거 돌려서 최저 시급은 받냐?"

나는 점점 움츠러든다. 권이철의 입가엔 미소가 감돈다.

"쥐뿔도 없으면 주제 좀 알고 살아라. 가정교육도 못 받았냐?"

점점 눈앞이 붉게 물든다. 머리가 핑 돈다.

"하긴 가진 거 없는 불쌍한 새끼한테 내가 뭘 바라냐."

모든 소리가 일순 멎는다. 앞이 보이지 않는다. 암흑 속에서 말 한마디만이 선명하게 떠오른다.

불쌍해.

그래. 나는 불쌍한 새끼다. 불쌍한 새끼는 가진 것이 없어서, 잃을 것도 없다.

그러니,

주먹을 든다. 바람을 가른다. 얼굴이 붉다. 레어다. 주먹을 찔러 넣는다.

비명 소리가 들린다. 사방에서 들린다. 누군가가 나를 붙잡는다. 그러다 애 죽는단다. 누가? 고개를 내린다.

권이철 얼굴이 보인다. 얻어터진 얼굴이다. 붉고, 부었다. 질척

하고.

터진 입술이 떨린다. 아, 아, 뜻 모를 소리를 중얼댄다.

머리털이 쭈뼛 선다. 배꼽 아래가 근질근질하다. 뻐근한 손목을 문지르다 천천히 고개를 든다. 시선이 뜨겁다.

정말, 뜨겁다.

언젠가 내게 다 이겨 먹으라고 속삭였던 할아버지에게 대답한다.

다 이겨 먹었어.

22.

권이철은 곧장 병원에 갔다. 코뼈가 부러진 것 같다고 했다. 학교는 발칵 뒤집혔다. 선생님은 아이들에게 얼른 집에 가라고 으름장을 내곤 나를 교무실로 끌고 갔다. 문을 닫고 숨 한 번 고르더니 곧장 내게 소리를 질렀다.

"너 어떻게 이런 일을 벌일 수 있어. 생각이란 걸 하고 사는 거니? 생기부에 빨간 줄 그이게 생겼어. 선생님은 너한테 많이 실망했다."

선생님의 말소리가 커질 때마다 살갖이 가려워졌다. 손목을 긁으며 선생님 실망을 듣는데 교무실 문이 벌컥 열렸다. 엄마였다. 머리는 산발에 병원 슬리퍼를 신은 채로 달려와선 나를 보자마자 뺨을 때렸다.

"너는 남 때리는 사람 되지 말라고 했지. 사람 되라고 가는 곳이 학곤데, 거기서 친구를 때려?"

선생님은 뺨을 맞은 나를 보곤 당황했다. 자기보다 더 화난 엄마를 보고 진땀을 빼며, "윤수 어머니, 진정하세요." 그 소리를 수십 번 했다. 십여 분이 지나서 간신히 엄마가 진정하자 선생님은 내게 왜 그런 짓을 했냐고 물었다.

나는 엄마를 힐끗 봤다. 잠시 망설이다 입을 열었다.

"담배 냄새가 지독해서요."

선생님이 눈을 휘둥그레 뜨고 그게 다냐고 했다.

나는 그게 다라고 답했다.

23.

엄마는 먼저 학교를 떠났고, 나는 혼자 집까지 걸어가 냉동실에서 얼음을 꺼내 부은 뺨에 댔다. 차가웠다. 이러고 있으니 아빠한테 맞았던 일이 떠올랐다.

아빠는 자주 나와 엄마에게 손찌검을 했다. 조금이라도 수틀리는 것이 있으면 우리 이름을 부르면서, 야, 나 좀 열받게 하지 마라. 그리고 손을 위로 치켜들었다. 그 탓에 집에 경찰도 몇 번 왔고 진단서도 몇 번 뗐다. 하지만 다 지나가고 난 뒤에는 아빠 자기가 그런 적 없다고 잡아뗐다. 어쩌면 정말 다 잊어버렸을지도 모른다. 그런 족속들은 태어날 때부터 그런 법이다. 권이철도 마찬가지일 것이다. 자기가 한 잘못은 전부 잊어버리고 말 것이다.

하지만 나는 잊히지 않는 기억이 되고 싶었다. 누군가의 가슴에 깊이 꽂혀서 영영 지워지지 않은 채 남고 싶었다. 그러니 이 욕망은 불가항력이었다.

호구보다는 개새끼가 오래 남잖아.

24.

비가 온다. 추적추적 내린다. 신발 밑창에선 직직 소리가 난다. 직직거리며 문을 연다. 조례는 이미 시작했다. 뒤늦게 들어와서는 내 자리에 털썩 앉는다. 아이들이 나를 본다. 선생님은 별말 없다. 늦게 온 나에게 꾸중도 눈빛도 한 번 없이 교탁 앞에서 박수를 짝 짝하곤 집중, 한다. 아이들이 고개를 돌린다. 선생님이 입을 연다.

"흔들리지 말아라."

선생님이 나를 본다.

"무슨 일이 있었든 간에 신경 쓰지 마. 앞만 보고 나아가."

선생님이 출석부를 탁탁 내리친다.

"이상."

정적이 감돈다. 모두가 딱딱하게 굳어 있는데, 쫄이 뒤돌아 앉는다. 얼굴까지 벌겋게 물들이고는 나를 마주 본다. 자기가 선생

님한테 실상을 다 고해바쳤다고, 그러니 걱정하지 말라고 친한
척 속닥거리며 엄지를 치켜든다.

"어제 최고였어."

우습게도 기분이 조금 나아진다.

25.

수업 끝나고 집에 가기 전 선생님이 나를 교무실로 부른다. 교
무실에 찾아가니 선생님은 부드러운 목소리로,

"말을 하지 그랬어."

하고 나를 도닥인다. 선생님은 다행히 학폭위는 열리지 않을
거라고 한다. 선거가 며칠 남지 않았고 권이철도 한 짓이 있으니
권이철 부모님이 조용히 넘어가기로 했단다. 그러곤 선생님은
두 손으로 날 붙든다. 선생님의 목소리가 신의 음성처럼 울려 퍼
진다.

"아무리 어렵고 힘들어도 폭력은 안 되는 거야."

나는 픽 웃는다.

26.

권이철이 학교에 돌아온 것은 그 싸움이 있은 날로부터 보름이

지난 후였다. 권이철 코는 뭉개지기 전보다 더욱 오똑해졌지만 기세는 예전의 반절도 되지 못했다.

우스웠다. 고작 주먹질 하나로 행동거지가 이토록 달라지다니 우스워 눈물이 다 나왔다.

일부러 권이철의 발을 걸었다. 권이철이 넘어졌다. 욕을 지껄이며 이쪽을 보길래 내려다봤다. 권이철이 굳었다. 나는 권이철이 한때 그랬듯 똑같이 입꼬리를 올리고 눈을 휘며 웃었다. 그리고 하얗게 질린 권이철에게 속삭였다.

네가 나를 왜 괴롭혔는지 알겠어.

넌 이게 재미있었구나.

27.

권이철은 나만 보면 기겁을 하며 도망치기 시작했다. 권이철이 튀는 꼴을 본 아이들은 제각기 다른 표정을 지었다. 경악하거나 꺼림칙해하거나 깔깔 웃거나. 경악하거나 꺼림칙해하는 아이들은 이제 내게 물건을 빌려달라고 하지 않는다. 지나가다 우연히 어깨라도 부딪히면 먼저 사과를 건넨다. 그리고 뒤에서는 나보고 정신 나갔다고 한다. 싸패니 개눈깔이니. 하여간 사납고 공격적인 말들로 나를 칭한다. 반면 웃는 아이들은 내 곁에 살며시 다가와 귀엣말한다. 대단하다고, 자긴 나를 응원하고 있다고.

권이수는 후자였다. 권이수는 자기 쌍둥이 형이 기죽고 나서 역으로 살판이 났다. 요샌 권이수가 우리 반 왕 노릇을 했다. 권이수는 그게 다 내 덕인 줄 알고 오랜만에 친한 척을 해 댔다. 오늘은 어깨동무를 하더니 내게 이렇게 말했다.

"이제부터 우리 더 친하게 지내자."

28.

권이수가 자기들이랑 같이 게임 한 판 하자고 하길래 그 패거리를 따라 피시방으로 발을 옮긴다. 녀석들은 한 줄로 나란히 서서 길을 막기도 하고 지나가는 사람을 노려보기도 한다. 피시방에 들어서서는 예쁘장한 알바한테 껄떡대다가 까이고 게임이나 돌린다. 나는 게임보다는 먹을 걸 즐긴다. 매콤한 라면도, 계란 얹은 짜파게티도, 시큼한 김치볶음밥도, 잔뜩 시켜 놓곤 입에 욱여넣는다. 걸신들린 나를 보고 권이수가 여기가 식당이냐며 투덜댄다. 그래도 내가 시킨 것까지 다 자기가 쏘겠다던 말을 무르진 않는다. 자기 형 병신 만들어 준 대가라고. 네 형이 나한테 맞은 게 왜 좋냐고 물었더니 대리 만족 되어서 좋단다.

"변태 새끼."

중얼거리며 레모네이드를 빠는데 갑자기 권이수 웃음보가 터졌다. 너 말본새 웃긴다고 하며 권이수가 내 김치볶음밥에 숟갈을 가져다 댄다. 나는 재빨리 권이수 숟갈을 빼앗아 든다.

"내 김치볶음밥에서 손 떼."

아이들이 또 박장대소를 한다. 웃지 말라고 으름장을 놓으니 더 웃는다. 다 또라이들이다.

29.

쉬는 시간에 책을 읽고 있는데, 권이수가 와서 책을 휙 빼앗는다. 뭐냐고 물으니 대답도 없이 책을 쭉 훑어보다가 덮어 버린다. 그러고는 하는 말이,

"책에 답이 있겠냐. 가슴에 답이 있지."

그러면서 숨겨 두었던 폰을 꺼내고 존나 대박인 거 보여 주겠다며 헐벗은 여자 모델의 사진을 보여 준다. 화들짝 놀라자 권이수는 나보고 샌님이라며 비웃는다. 비웃는 꼴이 얄망궂어 정강이를 찬다. 권이수가 삐끗한다. 다행히 균형은 잡았으나 그만 휴대폰을 떨어뜨린다. 아 씹. 권이수가 떽떽댄다. 하마터면 액정 나갈 뻔했단다. 그리고 휴대폰을 누르는데 까만 화면 그대로다. 도무지 켜질 생각을 하지 않는다. 권이수는 큰일 났다고 휴대폰을 퍽퍽 친다. 나는 웃어 대고 권이수는 나보고 또라이라고 그런다. 웃기는 놈이다.

30.

권이수와 어울리는 일은 생각보다 즐겁다. 권이수는 내가 쉽사리 하지 못했던 일들을 아주 쉬운 일로 만든다. 인생 까짓것 별거 아니라는 게 권이수 신조다. 뒷일이 두렵지 않냐고 물었더니 권이수는 이렇게 답했다.

"뒷일이 뭐가 중요하냐. 당장 내일 뒤질지도 모르는데."

그러고 권이수는 방과 후 나를 부르더니 번쩍번쩍한 차체를 끌고 나타났다. 권이수는 이게 자기 오토바이라고 으스댔다. 그리고 헬멧을 던지며 뒤에 타랬다.

무면허 아니냐고 따졌더니 권이수는 이거 125cc라고, 만 16세 이상이면 이 면허는 딸 수 있는 거 몰랐냐며 되레 면박을 줬다. 덧붙여 나보고 멍청하댔다. 성적도 나보다 낮은 놈이.

"평생 따릉이나 탈 거냐? 쫄보도 아니고."

권이수가 낄낄대며 시동을 걸었다. 배기음 소리에 나도 모르게 손을 뻗었다. 정신을 차리니 어느새 뒤에 올라타 있었다.

권이수는 빠른 속도로 도로를 달렸다. 나는 감기려는 눈을 간신히 떴다. 바람이 거칠었다. 강하게 내 얼굴에 부닥쳤다. 나는 비명을 지르듯 욕을 뱉었다. 권이수가 똑같이 욕을 외치며 호응했다.

그렇게 한참을 내달리다가 빨간 불에 걸려 멈춰 섰다. 머리는 엉망이 되고 얼굴엔 열이 오른 채 씩씩거리고 있는데 권이수가

살맛 나냐고 물었다. 나는 활짝 미소 지었다. 살맛에 취할 지경이
었다.

31.

쭉 기지개를 켠다. 팔다리가 힘 있게 하늘로 치뻗는다. 상쾌함
을 느끼며 침대에서 일어난다. 나는 이불을 개키고, 세수를 하고,
칫솔을 입에 문다. 거울을 바라보며 꼼꼼히 이를 닦는다. 어느덧
자라난 수염도 바짝 깎는다. 다 상한 머리털은 아무리 빗어도 이
리저리 뻗치지만, 그것만 빼면 거울 속 모습이 꽤 멀끔하다. 이 정
도면 괜찮게 생겼지, 하고 무심코 생각했다가 놀란다. 괜히 머리
를 헝클이곤 집을 나선다. 등교 시간까지는 얼마 남지 않았지만
마음도 몸도 여유롭다. 느긋하게 걷다가 느지막이 교실에 들어간
다. 선생님이 왜 지금 왔냐고 핀잔한다. 나는 스스로조차 놀랄 정
도로 뻔뻔하게 대답한다.

"늦잠 잤어요."

선생님은 한숨을 한 번 내쉬고는 오늘은 조례 사항 없다고 나
간다. 선생님이 나가자마자 내 곁으로 권이수 패거리가 몰려온다.
뭐 하다 늦게 잤냐고 이리저리 날 찔러본다. 나는 공부하다가 늦
잠 잤다고 답한다. 권이수가 염병을 떤다.

"공부는 개뿔. 야동 본 거 아니냐."

나는 낄낄 웃는다. 그럼 다들 따라서 낄낄 웃는다. 낄낄낄낄. 짐 승들이 따로 없다. 두발짐승이다.

32.

점점 거리낌이 없어진다. 삶이 아주 달콤하고 온몸에 피가 확 돈다. 나는 다리를 들고 권이철 발을 지그시 밟는다. 그리고 싱긋 웃는다.

"실수."

권이철 얼굴이 붉으락푸르락해진다. 하지만 입 한 번 벙긋 못 하고 당하기만 한다. 멀찍이서 쫄이 뜨거운 눈빛을 보낸다. 쫄은 변한 내 모습에 큰 감명을 받은 듯했다. 남몰래 내 뒤를 졸졸 따라 다니면서 나를 관찰하기 시작했다. 나는 늘 관찰하던 쪽이었는데 관찰당하는 쪽이 되었다. 이젠 나도 퍽 압도적인 사람 같다. 점점 기세가 등등해진다.

누군가를 짓밟을수록 나는 더욱 커진다. 아주 크고 무겁고 더러 운 사람이 된다.

드디어.

33.

오늘도 권이수 패거리와 한데 모여 낄낄거린다. 무엇을 말하는
지도 모르면서 일단 비웃고 본다. 권이수 패거리와 어울릴 땐 말
끝마다 추임새처럼 욕을 붙인다. 거드름을 피우고 허세도 부린다.
아이들은 그런 내 모습이 매력적이라고 했다. 자신감 넘쳐 보인
다고.

그리하여 점점 많은 시선이 나를 향한다. 시선이 모일수록 나는
고양된다. 더 많은 사람들이 날 보길 원한다. 그래서 더욱 소리 높
여 웃는데 내 곁으로 쫄이 다가온다. 내 소매 끝을 잡아당기더니
자기도 끼워 주면 안 되냐고 말한다. 막무가내다.

나는 당황하여 굳는다. 애들 표정도 굳어진다. 패거리 중 끄트
머리에 있던 애가 넌 뭔데 끼어드냐며 쫄을 밀친다. 쫄은 넘어지
면서도 당당히 지가 내 친구라고 말한다.

“찌질하게 나대지 말고 꺼져.”

권이수가 못마땅한 얼굴로 쫄에게 주절거리며 나를 본다. 너도
한마디 해 주라는 식이다. 눈짓에 떠밀려 나는 어슬렁어슬렁 걸
어간다. 쫄을 내려다보며 한마디 쏘아붙인다.

“네까짓 게 왜 내 친구야.”

쫄의 낯짝이 하찮아진다. 나는 다시 낄낄 웃는다.

34.

꿈을 꾸었다. 나는 하늘을 날고 있었다. 등 뒤에는 거대한 날개
가 돋아 있고 눈앞에는 태양이 있었다. 바람을 가르고, 구름을 헤
치고, 태양을 향해 팔을 뻗었다. 위쪽으로 끝없이. 조금만, 조금만
더…….

그 순간 눈을 떴다.

흐린 시야로 앞자리에 앉은 쫄이 보였다. 쫄은 책상에 딱 달라
붙은 채 엎드려 있었다. 나는 쫄의 왜소한 등짝을 바라보다가 고
개를 돌렸다.

때마침 권이수가 나를 불렀다. 점심도 안 먹고 잠만 잤는데 배
고프지 않냐며 매점에 가자고 그랬다. 나는 알겠다며 자리에서
일어섰다. 권이수의 질 나쁜 농담에 웃고 떠들고 걷고 뛰고 하면
서 바닥까지 내려갔다.

밑바닥에서 권이수가 손짓했다. 건물 뒤 주차장에 쭈그려 앉아
사방을 이리저리 둘러보더니 주머니에서 라이터를 꺼내고 후우,
숨을 내쉬었다. 매캐한 냄새가 났다.

"피울래?"

권이수가 손짓했다. 나는 고개를 젓곤 혹여 옷에 냄새가 밸까
전전긍긍했다. 손을 휘저으며 연기를 쫓고 있으니 권이수가 사내
자식이 깔끔떤다며 면박을 줬다. 나는 비웃는 녀석의 등짝을 후

려쳤다. 그 바람에 권이수가 연기를 마셨다. 녀석이 연신 기침을 하다가 너 때문에 연기 마셨다고 야단을 피웠다.

"내 알 바냐."

그랬더니 권이수가 나보고 말 참 뭣같이 한다고 툴툴거렸다. 나는 고개 한 번 까딱이곤 말했다.

"연기가 싫으면 피우지를 말든가."

그러자 권이수가 혀를 찼다.

"세 보여야 할 것 아냐, 임마."

권이수는 이게 자연의 섭리라고 덧붙였다. 센 놈이 좋은 건 다 가지는 세상이니 자기가 센 놈이 되든가 아님 센 놈 옆에 붙든가 해야 한다고.

그래서 나한테 친구 먹자고 했냐고 물으려다가 그만뒀다. 어쩐지 조금 적적해졌다.

35.

적적할수록 남을 까 내리는 데 집중한다. 권이철을 불러다가 앞에 세워 두고 내 낡은 가방을 던진다.

"들어."

권이철이 해진 가방끈을 보더니 주제에 헛웃음을 짓는다. 나는 발길질을 한 번 한다. 권이철은 금세 얌전해진다.

권이철이 내 가방을 줍는 모습을 내려다보며 녀석의 등허리에 매달린 가방을 본다. 광이 나는 비싼 가방. 갑자기 기분이 나빠져 권이철의 옆구리를 툭 찬다. 균형을 잃은 권이철이 수치스러운 표정으로 나를 올려다본다.

권이철의 눈시울이 붉어지는 꼴을 보고 있자니 싱숭생숭하다. 이만 자리를 뜨려고 뒤도는데 권이철이 악에 받친 듯 떽떽댄다. 대체 자기한테 왜 그러냐고.

"따라 할 거면 제대로 하라며. 대가리 색만 따라 하지 말고."

굳어 있던 권이철이 쌍욕을 한다. 그리고 한마디 더.

"진짜 음침한 새끼."

나는 구태여 부정하지 않는다.

36.

딱딱. 뒤에서 소리가 난다. 권이철이 내는 소리다.

날이 갈수록 권이철은 점점 불안해 보인다. 손톱을 물어뜯고 아무에게나 물건을 집어 던진다. 눈에 보이는 족족 시비를 걸며 화풀이를 한다.

권이철은 특히 쫄에게 투정이 심하다. 쓸모도 없는 놈이 왜 사냐며 나에게 못 하는 말을 쫄에게 대신 내뱉는다. 쫄의 다리를 걸어 넘어뜨리고는 나를 바라보며 뒤져 버리라고 한다. 그럼 쫄은 기어이 미안하다고 한다.

권이수는 권이철이 그럴 때마다 얼굴이 허옇게 질린다. 가끔은 내 팔을 붙들고 사지를 떤다. 그러면서도 허세는 부리고 싶은지 조언이랍시고 오늘은 내게 이런 말을 했다.

"요즘 형 새끼 성깔 너무 죽이긴 했지. 조심해라."

나는 가소롭다고 코웃음 쳤다. 비웃고 조롱하고. 저까짓 게 무얼 할 수 있겠어.

쉬운 인생만 살아온 새끼가.

그랬더니 권이수 표정이 싹 굳어졌다. 늘 팔랑팔랑 가볍게만 굴던 권이수답지 않게 정색하며 내가 자기들의 삶에 관해 무엇을 아냐고 따졌다. 언제는 권이철 꼴도 보기 싫다더니 지금은 권이철 동생 노릇을 하려고 들었다. 나는 기가 차서 공격적으로 답했다.

"니들 인생이야 뻔하지. 돈 많고 사랑받고, 분에 넘치게 행복한 인생 아니겠어."

그러자 권이수는 처음으로 나에게 큰소리쳤다.

"세상에 쉬운 인생이란 건 없어. 재수 없는 놈아."

그러곤 휙 떠나 버렸다. 어안이 벙벙했다.

37.

요즘 들어 권이수 패거리와 있으면 기이하게 음울해진다. 꼭 광

대놀음을 하고 있는 것 같다. 희뿌연 연기 속에서 나 혼자 기침하며 아이들을 본다. 음담패설, 뒷담, 욕설과 온갖 자극적인 말들이 오가는데 아무도 제대로 듣지를 않는다. 다들 자기를 뽐내는 데 바쁘다. 이건 대화가 아니다. 혼잣말이다.

가만히 서서 바닥을 본다. 개미가 뽈뽈 기어다닌다. 자기 몸집의 배는 되어 보이는 사탕 조각을 들고 발발거리다가 권이수 발에 짓밟힌다. 권이수가 발끝을 비비며 입을 연다.

"게임하러 가자."

"기말고사 코앞이잖아."

그러자 권이수는 기말고사가 뭔 대수냐고 큰소리를 친다. 나는 어이가 없어서 도로 묻는다.

"넌 대학 갈 생각 없냐?"

"졸업하면 미국 갈 건데."

성적은 되냐고 물으니 권이수는 돈 꽂아서 유학 가고 학위 따면 된다고 답한다. 대학 그까짓 것 쉽다고. 그러면서 꼴에 나보고 인생은 공부가 다가 아니라는 말까지 남긴다.

그 말을 듣고 있자니 꼭 다른 세계의 이야기 같다. 일하지 않아도 매일매일 먹고살 것이 보장되는 세계, 빚 걱정 없이 마음 편히 두 다리 뻗고 잘 수 있는 세계. 내가 꿈꾸던 세계다. 심술이 난다.

"능력 없어도 빽 있어서 참 살기 편하겠다."

권이수가 멈칫거린다.

"넌 뭘 말을 그따위로 하냐."

나는 어깨를 으쓱인다. 그랬더니 권이수가 열받아선 빈정거린다.

"빽도 능력인 거 모르냐?"

나는 말을 잃는다. 권이수는 혓바닥을 내밀고 지 패거리와 함께 가 버린다. 나는 애꿎은 개미 시체나 밟고 침을 뱉는다.

38.

문제집을 덮었다가, 펼쳐서 한 장 넘겼다가, 결국 덮는다. 권이수 말이 자꾸 맴돈다. 노력해도 전부 부질없는 짓인 것 같다. 집중하지 못하고 자꾸 정신이 다른 곳으로 새는데, 갑자기 전화가 온다. 할아버지다. 밤중에 전화를 한 것도 찝찝한데 할아버지는 다 갈라진 목소리로 말한다.

"윤수야. 할애비가 꼭 이 말을 전허고 싶어 전화혔다. 삶이 항시 탐스럽지는 않어."

할아버지는 무어라 무어라 더 중얼거리는데,

"그러니 이만하면 되었다."

그 말이 유독 마음에 걸린다. 죽음을 목전에 둔 사람처럼 그딴 말을 하여서.

전화를 끊는다. 바람이라도 쐬러 밤거리로 나간다. 나는 하염없이 걷다가 공원까지 간다. 바둑판이 보인다. 판 위에 놓인 작은 돌들도 보인다. 검고 흰 돌들. 귀퉁이가 깨진 돌을 보니 또 할아버지 생각이 난다.

할아버지는 내 부모이자 친구이고, 기쁨이자 행복이며, 흠이다. 할아버지는 나의 해묵은 열등감이다.

그게 참 싫다.

39.

권이철은 오늘도 쫄에게 시비를 걸었다. 쫄 멱살을 붙들고는 너 같은 놈 때문에 인생이 꼬인다고 했다.

어째서인지 쫄은 늘 묵묵히 듣고 넘기던 그런 말들을 오늘은 그냥 넘기지 않았다. 권이철에게 멱살 잡힌 채 태연한 얼굴로 네 인생은 네가 꼬는 거라고 했다.

그랬더니 권이철은 쫄이 개소리를 다 한다고 쫄을 메쳤다. 쿵 소리가 났다. 쫄은 엎어진 채 고개만 들어 권이철을 보다가 우연 찮게 나와 눈이 맞았다. 쫄이 피 묻은 입술로 중얼거렸다.

"네가 불행해졌으면 좋겠어. 네가 불행해지면 나는 아주 행복해질 거야."

쫄 눈꺼풀이 깜빡깜빡 감기다가 뒤집어졌다. 쿵 소리가 또 들렸다. 내 가슴에서도 소리가 났다.

쿵, 내려앉았다.

40.

기분이 널뛴다. 어느 날은 모든 일을 해낼 수 있을 것 같으면서도, 또 어느 날은 모두 망쳐 버릴 것만 같다. 오늘은 후자다. 의식이 깜빡깜빡, 정상으로 돌아오려다가도 금세 꺼져 버린다.

도무지 일어나지를 못하겠어서 인강을 틀어 놓고 소파에 드러눕는다. 강사 목소리를 들으며 느릿하게 눈을 감다가 꾸벅꾸벅 존다. 정신 차려 보니 창밖에 해가 지고 있다. 하루가 참 허망하게 간다. 뒤늦게 잠에서 깨 보려고 밖으로 나간다. 의미 없이 계속 걷다가 공원 뒤편에서 권이수 패거리를 본다. 권이수는 패거리에서 홀로 빠져나오더니 담배를 버리고 콜록거린다. 그러다가 멀리 서 있던 나와 눈이 마주친다. 권이수가 뒤늦게 거드름을 피운다. 하지만 권이수는 눈가에 묻은 물기를 닦아 내는 걸 잊었다.

피우지도 못하는 놈이.

권이수가 내 입 모양을 읽는다. 녀석의 미간이 사정없이 구겨진다. 권이수가 외친다.

"살 돈도 없는 놈이."

그러고선 권이수가 가운뎃손가락을 치켜든다. 나는 권이수의 입을 다물게 하려고 달려 나간다. 권이수는 내가 달려오는 것을 보며 기겁을 한다. 나한테 개자식 눈 돌았다고 소리친다. 나는 뛰다가, 걷다가, 멈춘다.

41.

집에 돌아와 신발을 벗는다. 양말이 축축하다. 누렇고 끈적한 진물이 묻어 나온다. 언젠가 리모컨 파편에 베였던 발바닥이 아직도 완전히 아물지 않았다. 툭 하면 덧나고 곪는다. 참으로 나약하다. 도무지 나아갈 수가 없다.

양말을 집어 던지고 세탁기에 화풀이를 한다. 피 묻은 발로 세탁기 몸체를 찼다가 혹여 고장이라도 났을까 봐 되돌아와 소심하게 상태를 살핀다. 전원 버튼을 누르니 다행히도 불이 잘 들어온다.

그러다 문득 내 꼬라지가 한심하게 느껴진다. 침울해져 텔레비전이나 켠다. 틀자마자 텔레비전에서는 이름 모를 옛날 영화가 흘러나온다. 금발 여자가 금발 남자를 껴안고 키스를 퍼붓는데 총성이 울린다. 탕, 탕, 탕탕.

그러고 몇 분 있으니 노크 소리가 울린다. 고성도 들린다. 개 소리도 난다. 뽀삐다. 옆집 아줌마가 시간이 몇 시냐고 텔레비전 소리 줄이라고 우리 집 현관 앞에서 소란을 피운다. 나는 머리끝까지 화가 솟구친다. 참지 않고 소리를 지른다.

"허구한 날 짖는 그쪽 개나 관리 잘하세요."

그랬더니 아줌마는 약이 올라 어디서 어른한테 말버르장머리를 그렇게 하냐고 떽떽댄다. 뽀삐는 더 짖어 댄다. 나는 볼륨을 최대로 올리고 귀를 틀어막는다.

42.

간밤에 옆집 아줌마는 우리 집 현관문을 열 번이나 더 차고선 자기 집으로 돌아갔다. 주인보다 한술 더 떠서 뽀삐 그 자식은 아침 해가 뜰 때까지 짖었다.

차가운 방바닥에서 몸을 일으킨다. 발을 디디다가 쓰라려서 한 발로 경중경중 뛴다. 좁아터진 집구석에 내 발소리가 쿵쿵 울린다. 옆집이고 아랫집이고 다 들리게 울린다. 이 집구석은 안 울리는 소리가 없다. 발소리도 개 소리도 텔레비전 소리도 심지어는 수도관 소리도 울린다. 할아버지 기침 소리도 천둥같이 울리더니.

대충 옷을 걸쳐 입고 이따위 집구석에서 도망친다. 절뚝절뚝 길거리를 떠돌고 다닌다. 공원도 떠돌고 상가도 떠돌고 권이철이랑 권이수가 산다던 고급 아파트 단지도 떠돌다가 벽보를 발견한다. 선거 벽보에 낯익은 얼굴이 보인다. 권이철과 권이수를 똑 닮은 남자가 미소 짓고 있다. 모두가 행복한 ○○시.

주변을 둘러본다. 아무도 없다. 벽보를 떼어 낸다. 형체도 알아

볼 수 없도록 잘게 찢는다. 그렇게 하나를 찢어발기고 다시 길을 걷는데 또 벽보가 있다. 세상 사람들 다 보라고 사거리 구석구석에 빠짐없이 붙어 있다. 현수막도 있고, 트럭도 기호 몇 번 외치며 뱅뱅 돌고 있다.

헛웃음이 나온다. 왜 세상이 이토록 진탕이 되었는지 비로소 깨닫는다. 개가 득실거려서다.

43.

권이철 아버지는 결국 3선 의원이 되었다. 갖은 비리 의혹을 딛고 일어서서는 끝끝내 승리를 했다. 제 아버지 따라 승자가 된 권이철의 기세는 하늘을 찔렀다. 아이들은 태도를 싹 바꿔 권이철 주변에 개떼처럼 몰렸다. 쌍둥이 동생인 권이수 주변에도 사람이 한가득이었다. 내 주변은 텅텅 비었다. 나는 또 외톨이가 되었다.

권이철은 외톨이가 된 내 꼴을 보고 한껏 거들먹거렸다. 하여간 자기는 저런 거렁뱅이랑 태생부터가 다르다고. 나는 가만히 듣고 있다가 벌떡 일어났다.

권이철은 순간적으로 흠칫했다. 그러다 다시 기고만장해서는 되레 소리를 높였다. 허공에 발길질을 하며 "새꺄, 들어와 봐." 그랬다.

"와 보라고. 쫄았냐?"

나는 주먹을 쥐었다. 권이철 바람대로 한 발 들어서려 하는데 누군가 속닥거리는 소리를 들었다.

저 개자식들 또 저런다.

나는 분명 사람이었는데 이젠 개가 됐다.

아니. 아니다. 나는 처음부터 개였다.

44.

선생님이 나를 교무실로 부른다. 아마 방금 전 싸움 때문인 것 같다. 나는 교무실 앞에서 잠깐 멈추고, 하아, 한숨을 내쉰다.

좀 지친 것 같다.

45.

권이철은 지치지도 않고 매일 내게 시비를 건다. 날이 무더워질수록 힘이 넘치나 보다. 오늘은 사물함에서 교과서를 꺼내려는데 갑자기 내 앞을 막았다. 아이들이 진절머리를 치며 멀어졌다. 쫄도 잘못하여 얻어맞을까 봐 사물함 문을 열다 말고 자리를 피했다. 그 순간에도 권이철은 계속 나를 도발했다. 순식간에 먹살을 붙잡고 엎치락뒤치락했다. 주먹을 내뻗길래 잡았다. 손톱이 파고든 살갗에서 피가 방울지며 떨어졌다. 툭.

무언가 번쩍거리는 것도 툭 하고 사물함에서 떨어졌다. 아이들의 시선이 우리를 비껴갔다. 가장자리에서 싸움을 구경하고 있던 권이수가 권이철 뒤편을 손가락질하며 외쳤다.

"저거 잃어버렸던 그 시계 아니야?"

그 말에 권이철 눈이 홱 돌았다. 녀석이 나와 싸우던 것도 잊곤 시계를 주워 들었다. 금빛으로 찬란한 것이 삼백만 원짜리 권이철 시계가 맞았다. 권이철이 오만상을 찌푸리며 사물함에 붙은 이름표를 봤다. 주온.

쫄이었다. 쫄은 아연실색하여 뒷걸음질 쳤다. 그러나 권이철이 한발 더 빨랐다. 권이철은 곧장 쫄을 붙잡고 내동댕이쳤다. 쫄은 사물함 구석에 몰려 꼼짝없이 얻어맞았다. 발길질 한 번마다 사물함이 흔들리며 쫄이 숨겼던 것들을 뱉어 냈다. 필기 노트부터 헤드셋, 최신 휴대폰.

나와 권이철의 싸움은 완전히 뒷전이 되고, 아이들은 경악하며 쫄 사물함을 뒤지기 시작했다. 잃어버렸던 물건들이 하나씩 나왔다. 그러자 아이들은 너도나도 권이철한테 도둑놈 혼쭐 좀 내주라고 했다.

쫄은 눈물 콧물 범벅이 되어 아이들 사이를 빠져나오려고 안간힘을 썼다. 엉금엉금 기어 나온 쫄이 내 바짓가랑이를 붙잡았다. 제발, 제발. 그러면서 내게 도와달라고 매달렸다.

나는 힘 주어 쫄의 손을 떼어 냈다. 쫄은 고개만 간신히 올리고 얼빠진 얼굴로 나를 봤다. 나는 소리 없이 입을 벌렸다.

꺼져.

쫄이 주르륵 미끄러졌다. 나는 쫄을 두고 교실을 나왔다. 선생님을 부르러 가는데 발밑이 훅 꺼졌다. 날 지탱하고 있던 지면이 무너져 내린 것만 같았다.

46.

선생님이 왔을 땐 이미 쫄의 이마가 찢어져 있었다. 핏자국을 보고 선생님은 비명을 질렀다. 곧 학교에는 구급차가 왔다. 선생님은 반 아이들을 일렬로 세워 놓고 왜 애가 이 지경이 되었냐고 물었다. 아이들은 하나같이 이렇게 답했다. 정의 구현이에요. 그러고는 쫄이 훔쳐 간 물건들을 교탁 앞에 하나씩 늘어놓았다. 선생님도 피해액을 계산하곤 학을 뗐다. 자그마치 칠백만 원이었다. 교장은 문짝 떨어진 사물함을 보며 한숨을 내쉬더니, 담임 선생님에게 삿대질을 하며 알아서 하라고 했다. 선생님은 홀로 골똘히 생각에 잠겨 있다가 다시 아이들을 한 명씩 교무실로 불러내 자세히 물었다. 혹시 쫄에게 도둑맞은 것은 없는지, 쫄의 평소 행실에 대해 아는 바는 없는지 묻길래 대답했다.

"걔는 복수를 하고 싶다고 했어요."

선생님이 질문을 멈추고 나를 바라봤다. 나는 내 손톱만 바라봤

다. 동그랗고 반듯한 모양새. 그리고 손톱을 또 물어뜯었다. 손톱
은 금세 너덜너덜해졌다.

47.

쫄은 그날 이후 학교에 오지 않는다. 벌써 닷새째였다. 닷새 동
안 쫄의 흔적은 차례차례 지워졌다. 쫄의 중고 거래 계정은 완전
히 삭제되었다. 올라왔던 게시물도 전부 내려갔다. 쫄의 사물함은
비워졌고, 자리도 다음 주면 치워진다고 한다.

쫄이 훔쳤던 물건들은 자기 주인을 찾아갔다. 쫄 옆자리 애의
이어폰은 주인 귀에 걸렸고, 금빛 시계는 권이철 손목에서 짤랑
거렸다. 권이철은 쫄의 자리였던 빈자리에 다리를 올리고는 다
자기 덕분이라고 했다. 쫄 같은 골칫덩이를 자기가 자퇴시켰다고.
그랬더니 권이철 옆에 붙어 있는 아이들이 맞장구를 쳤다.

"없이 사는 것들은 이래서 받아 주면 안 돼. 손버릇 봐 봐. 질 떨
어지잖아."

다들 참으로 유복한가 보다. 그렇지 못한 나는 한마디도 던지지
못했다.

킬킬대는 아이들 가운데서 나 홀로 조용히 엎드렸다. 소그마힌
내 자리에 틀어박혔다.

48.

세숫대야에 얼굴을 박는다. 숨이 막힌다. 보글보글 물거품이 올라온다. 물을 뚝뚝 떨구며 고개를 든다. 하루 동안 권이철에게 몇 번이나 시비를 걸렸는지 셈해 보다가 수건을 얼굴에 덮는다. 지 아버지 3선인 게 뭐 대수라고는. 입술 위 수건이 들썩였다가 가라앉는다.

욕을 해도 속이 답답하여 창문을 연다. 가까이서 사이렌이 들려 시선을 저 너머로 옮긴다. 빨간 불빛, 파란 불빛 번갈아 가며 왱왱대다가 대각선에 있는 빌라 앞에서 멈춘다. 웬일로 사람들이 몰려서 사진을 찍고 있다. 보고 있자니 정신 사나워서 창을 닫는다. 그러고 휴대폰을 켰는데 톡방도 시끄럽다. 아이들은 사람이 떨어졌다고 했다.

그런데 떨어진 게 쫄이란다. 쫄이 자살 시도를 했다고.

49.

뉴스를 튼다. 내 엄마뻘 되는 여자가 피켓을 들고 운다. 화면이 전환되고 앵커가 입을 연다. 국회의원 누구 아들이 학교 폭력 주모자로 밝혀졌다고. 피해자 A 군은 괴롭힘을 견디다 못해 자택인 빌라 3층에서 투신하였다고. 다행히 아래에 나무가 있어 목숨은 건졌지만 중상을 입었다고 한다. 그러고 나서 앵커는 공개된 유서 일부를 읽는다.

사는 게 슬퍼요.

전 이제 행복해지고 싶어요.

50.

터덜터덜 걷는다. 쫄의 유서가 머릿속에서 계속 맴돈다. 이마에 열이 오르고 눈앞에 아지랑이가 피어난다. 헛것이 보이고 들리기도 한다. 빠앙. 경적 소리가 들린다. 아주 길게, 아주 가까이서 들린다.

헛것이 아니다. 바로 옆에 차가 있다. 차에서 누군가가 내리고는 나한테 다가온다.

"괜찮니?"

그 사람이 내게 손을 뻗는다. 나는 그 손끝을 잡으며 괜찮다고 하려 했는데, 아무 말도 나오질 않는다.

흙먼지를 털고 일어나 절뚝절뚝 걷는다. 그 사람은 걸어가는 나를 바라보다 자기 차로 돌아간다. 곧 차가 도로 끝에서 신기루처럼 사라진다.

조금밖에 걷지 않았는데 금세 힘이 든다. 나는 공원께에서 멈춘다. 매미 소리가 요란하다. 잠자리채를 들고 뛰노는 아이들이 보인다. 정자 근처에는 노인들이 옹기종기 모여 바둑을 두고 있다. 노인들이 나를 보더니 낯이 익다고 한다. 흠칫하여 자리를 뜨려다가 걷지 못하고 다시 주저앉는다. 주저앉아서는 멍든 무릎을 더듬는다. 다리의 감각이 둔하다. 입을 벌린다. 아파.

내 목소리에 스스로 놀란다. 나는 도망치듯 억지로 다시 걷는다. 절름발이인 할아버지와 뛰어내린 쫄 생각을 하며.

절뚝절뚝, 절뚝절뚝.

51.

권이철과 권이수도 이제 학교에 오지 않는다. 학교 앞에 모여든 기자들을 견디지 못하고 며칠 전에 쫄처럼 자퇴서를 냈다고 들었다. 쫄이랑 권이철이랑 권이수까지 한 반에 세 명이나 자퇴를 했다고 반 분위기는 더욱 뒤숭숭해졌다. 너도나도 틈만 나면 걔들 뒷이야기를 떠들어 댔다. 듣기로는 쫄은 목숨은 건졌지만 척추가 부러졌다고 했다. 어쩌면 다신 걷지 못할지도 모른다고. 권이철과 권이수는 유학 준비를 하고 있다고 했다. 아마 예정보다 빠르게 미국에 갈 생각인 듯했다.

아이들은 권이철이 뻔뻔하다며 실컷 욕을 해 댔다. 불쌍한 쫄의 인생을 망쳤다고. 그러면서 자기들은 쫄의 인생을 망치지 않은 척했다.

그런데 오늘은 한 아이가 아침부터 반에 뛰어 들어오더니 자기가 아주 재미난 걸 봤댔다. 무얼 봤냐고 물었더니 놀라지 말라고 하며 말을 이었다.

무려 권이철이 골목에서 자기 아버지한테 처맞고 있는 모습을 보았다고 했다.

그러면서 솔직히 권이수가 지 형한테 처맞던 거 모르는 사람 여기 있냐고, 자기가 보니까 권이철은 아버지한테 맞고 분풀이로 지 동생 권이수를 패는 거라고 말했다. 그랬더니 여론이 뒤바뀌었다.

"권이철 이거 불쌍한 새끼였네."

애들이 속닥거렸다. 나는 유독 신경 쓰이는 말 한마디를 되짚었다.

불쌍해.

걔가?

52.

도무지 이해할 수가 없다. 무엇이 옳은 것이고 무엇이 그른 것인지 모르겠다. 무엇이 선이고 악인지, 무엇이 정의인지.

경찰이 학교에 왔다. 경찰은 반 아이들을 한 명씩 불러나 놓고 질문을 했고, 이번에는 내 차례였다. 문을 열고 들어가 경찰 앞에 앉았다. 경찰은 주온의 유서에 내 이름이 나왔다고 했다. 권이철

과 김윤수. 딱 이 두 이름이 주온의 유서에 나왔다고. 하지만 긴장
하지 말란다. 주온은 유서에 내가 자신의 유일한 친구라고 적었
다고.

나는 그 말을 믿지 못한다.

"친구요?"

나는 쫄이 어떤 사람인지 모른다. 무엇을 좋아하고 무엇을 싫어
하는지 그런 단순한 것조차 모른다. 친구, 친구. 왜? 연신 중얼대
는데 경찰이 그만하면 됐단다. 그러면서 따뜻한 차 한잔을 내 앞
에 놓고 위로하듯 말한다.

"상심이 크지?"

찻잔에서 뿌연 김이 피어오른다. 나는 정말로 이해가 되지 않
는다.

53.

아이들이 쉬는 시간을 틈타 뉴스를 본다. 나도 곁눈질로 뉴스
를 본다. 정장을 차려입은 권이철 아버지가 기자 회견을 한다. 진
땀을 빼며 머리를 숙이고는 정말로 죄송하단다. 하지만 의원직을
내려놓을 생각은 없단다.

누군가가 고함을 친다. 욕설도 뱉는다. 순식간에 기자 회견장이
난장판이 된다.

나는 그 수라장을 보며 쫄을 생각한다. 쫄이 웃는 모습을 떠올린다. 그토록 복수가 하고 싶었던 쫄은 자기를 죽음 앞에 내몰고 나서야 드디어 복수를 했다.

이제 쫄은 행복할까.

54.

책상 위에 엎드린다. 엎드린 채로 하루 종일 시간을 흘려보낸다. 그러고 있자니 누군가 내 등을 두드린다. 고개를 들었더니 선생님이다. 선생님은 내게 괜찮냐고 묻는다.

"요즘 참 어지럽지?"

나는 선생님을 바라본다. 선생님은 쫄에게 잘 대해 주어 고맙다고 한다. 선생님도 내가 쫄의 친구인 줄 잘못 알고 있다. 그래서 내게 고마운 것이 정말 많다고, 이곳을 떠나도 내가 기억에 계속 남을 것 같다고 말한다.

나는 잠시 멈칫하다가, 선생님 어디 가시냐고 묻는다.

선생님은 자기가 이번 사태에 대한 책임을 져야 할 것 같다고 한다. 그리고 자기는 곧 떠날 사람이니 하고 싶은 말이 있으면 얼마든지 털어놓아도 된다고 그런다. 좋은 것도, 싫은 것도, 모르는 것도.

나는 인생을 모르겠다고 답한다.

잠시 정적이 흐른다. 선생님은 한참이 지나서야 입을 뗀다.

"인생은 그 누구도 알 수가 없어."

선생님이 주머니에서 무언가를 꺼낸다. 병원 주소가 적힌 쪽지다. 내게 쪽지를 건네준 선생님이 창밖으로 고개를 돌린다. 나도 선생님을 따라 창밖을 본다. 노을이 지고 있다. 붉다. 피처럼 붉다.

55.

나는 쫄이 싫었다. 나와 너무 닮아서 쫄이 싫었다.

금세 주눅 들고, 눈치 보고, 그런 주제에 욕망은 크고, 음침하기까지 해서, 내가 나를 싫어하는 만큼 쫄을 싫어했다.

실은 쫄이 없어져 버렸으면 했다. 그래서 내 안에서 쫄을 지우고, 할아버지도 지우고, 나약한 것들은 모조리 지워 버리려고 했다.

하지만 도무지 지워지지를 않았다.

56.

쪽지를 들고 한참을 서성인다. 무슨 염치로 여기까지 왔는지 모르겠다. 들어갈까 말까 수십 번 고민하다가 돌아서려는데 때마침 병실에서 쫄의 부모님으로 보이는 사람들이 나온다. 내 교복을 보곤 잠시 눈살을 찌푸리더니 나보고 누구냐고 묻는다. 나는 김윤수라고 대답한다.

그 사람들은 내 이름을 듣곤 화색이 되어 고맙다고 한다. 나는 그 손을 잡고 죄송하다고 한다. 죄송하다는 말밖에 할 수가 없다. 그러자 그 사람들은 묘한 표정을 짓더니 내게 쫄이 지금 깨어 있다고, 얼굴 한번 보고 가지 않겠냐고 묻는다. 나는 거부하지 못한다.

쫄은 병실 한가운데 앉아 권이철 아버지가 기자 회견 하는 뉴스 영상을 보고 있다. 내가 와도 눈길 한 번 주지 않는다. 나는 힘겹게 쫄의 이름을 부른다. 주온. 처음으로 제대로 쫄의 이름을 부른다.

자기 이름을 듣고 간신히 주온이 나를 돌아본다. 첫마디는 이거다.

"내가 살았어?"

나는 그렇다고 답한다.

"다리에 감각이 없어."

나는 미안하다고 한다.

그랬더니 주온은 내게서 고개를 돌려 버리곤 또 뉴스 영상을 본다. 내가 무슨 말을 해도 이제 주온에게는 닿지 않을 것 같다.

"네가 행복하게 지냈으면 좋겠어."

뚝. 소리가 그친다.

"행복이 그렇게 중요할까."

손이 아래로 떨어지고, 휴대폰이 바닥에 나뒹군다.

"그걸 위해 너무 많은 걸 잃었는데."

주온이 나를 본다. 답을 찾듯 나를 바라본다.

"나는 무엇을 위해 사는 걸까."

나는 답을 내어 주지 못한다.

57.

집에 들어오자마자 불을 끄고 커튼도 전부 쳐 버린다. 억죄는 가슴께를 붙들고 간신히 얕은 잠에 빠진다. 그리고 꿈을 꾼다.

꿈속에서 나는 쓰러진 주온 앞에 서 있다. 아닌가? 할아버지인 것 같기도 하다. 하여튼 아주 작은 사람이 내 바짓가랑이를 잡는다. 잡고선 나한테 이런 말은 한다.

행복해져. 너만은, 나를 버리고, 행복해져.

식은땀 범벅이 되어 꿈에서 깨어난다. 꿈에서 깨어났는데 그 앞에 또 꿈이 있다.

58.

영겁 같은 꿈속에 빠져 있는데 엄마한테서 전화가 왔다.

할아버지가 위독하시단다.

불계패

1.

비몽사몽 한 채로 뛰쳐나가, 택시를 타고, 손톱을 물어뜯는다. 오늘따라 신호는 길고 길은 꽉 막힌다. 다리는 달달 떨리고 옷차림은 너저분한 채 가까스로 병실에 도착했더니 하늘이 너무 어둡다. 엄마는 이미 울고 있다. 나는 어찌할 줄 몰라 병상 옆에서 발발거리고, 할아버지는 눈을 감으며 뻐끔뻐끔 몇 마디 뱉는다.

"윤수야…… 무리하여 못되게 살지 않아도 된다. 일부러 착하게 살 필요도 없다……. 행복한 놈이 되어라."

그리고 할아버지는 움직이지 않는다. 나는 할아버지의 닫힌 눈꺼풀을 바라본다. 엄마는 입을 막는다. 흐느끼는 소리. 그리고 삐 소리.

의사는 마지막으로 할아버지에게 전하고 싶은 말이 있으면 하라고 그런다. 심장이 멎어도 귀는 들린다고.

나는 할아버지에게 반드시 행복해지겠노라 말한다. 그 누구보다 행복해져서 후회 한 점 없는 삶을 살겠다고.

그리 외치다 문득 할아버지의 굳은살과 욕창 때문에 생긴 홍반을 보곤, 불현듯, 살아온 날들과 살아갈 날들이 행복하기보단 아프고 두렵기만 하여서.

나는 이제 어디로 나아가야 하나요, 할아버지.

2.

할아버지의 장례를 치른다. 식장에서 빌려주는 정장을 입고 영정 옆에 무릎 꿇고 앉는다. 눈앞에 사람들이 오가고, 참 불쌍하다는 소릴 듣는다. 나는 점점 가려워진다. 참을 수 없을 정도로 가려워져서 이를 악문다. 향이 피어오른다.

3.

눈 깜짝할 사이에 할아버지 몸뚱이가 뼛가루가 되어서 나왔다. 배 타고 나가 엄마와 함께 할아버지 뼛가루를 바다에 뿌렸다. 이로써 할아버지는 살아생전 그토록 가고 싶던 바다에 가게 되었다.

갈매기가 운다. 해는 이제 수평선을 넘어간다. 엄마가 주춤주춤 일어선다. 그리고 내게 이제 그만하자고 말한다. 그만 슬퍼하고, 잊자고. 나는 엄마를 바라본다.

"그만 살까."

물이 밀려온다. 발이 잠긴다. 해는 떨어지고, 파도는 허옇게 산산조각 난다.

"나는 큰사람이 될 수 없어."

더는 하고픈 말도 없고 할 수 있는 말도 없다. 우리는 두어 발자국 떨어진 곳에서 적적하게 앉아만 있는다.

4.

그만 몸을 일으킨다. 싸늘한 손끝으로 발가락을 문지른다. 살갖이 물컹하다. 녹아내리는 것만 같다. 옆에 있는 엄마를 잡는다. 딱딱하다. 앙상하고. 손끝이 닿을 때마다 엄마가 꿈틀거린다. 나는 엄마를 부른다. 엄마가 눈을 뜬다.

엄마는 간밤의 일을 입 밖으로 내지 않는다. 모래사장에 무너진 아들을 일으켜 세우고, 비틀비틀 걸어 밤중에 낡은 여관에 돌아온 일을 전부 잊은 척, 조용히 일어나 이불이나 개킨다. 그리고 구석에 쑤셔 넣는다. 눈에 보이지 않는 곳에 전부 치워 두고 엄마가 옷장 문을 닫는다.

"아침 먹자."

그리고 엄마는 여관 옆 국밥집으로 날 데려간다. 콩나물국에 흰쌀밥과 김치를 말아 크게 한술 떠서는 숟가락을 손에 쥐어 준다. 나는 기계적으로 입안에 음식을 넣는다. 아무 맛도, 냄새도 느껴지지 않는다. 꾸역꾸역 씹는다. 엄마는 내가 먹는 모습을 한참 바라보다가 말한다.

"큰사람 안 돼도 돼. 엄만 네가 건강하기만 하면 돼. 잘 먹고 다녀."

엄마가 고개를 돌린다. 자기도 한 큰술 떠서 입에 넣는다. 나는 엄마 목이 울렁거리는 모습을 바라본다. 울렁울렁. 멀미가 난다.

5.

짧은 여행이 끝나자마자 엄마는 일에 매달렸다. 아직 동도 트지 않았는데 엄마는 새벽부터 나갈 준비를 마쳤다. 이번엔 섬으로 떠난다고 했다.

"앞으로는 집에 자주 못 올 수도 있어."

엄마는 밀린 세금도 내야 하고, 할아버지가 떠난 자리도 마저 정리해야 한다고 덧붙인다. 그러려면 돈이 조금 더 필요하다고. 엄마가 잠시 망설이다 두 팔을 내게 뻗는다.

"안아도 되니?"

나는 어색하게 현관 앞으로 발을 옮긴다. 엄마는 잠잠히 나를 안는다. 그리고 집을 나선다. 나는 엄마가 떠난 자리를 보며 쭈그리고 무릎을 안는다. 행복해질 궁리를 하다 문득 어릴 적 엄마가 했던 말을 떠올린다.

버리면 행복해진다고.

6.

할아버지의 낡은 서랍장을 연다. 그 속에서 할아버지가 제일 좋아했던 것들을 차례로 끄집어낸다. 엄마가 크리스마스 날 할아버지에게 떠 준 빨간 목도리, 할아버지의 텅 빈 정수리를 가려 주던 챙 넓은 모자, 할아버지가 좋아하던 카세트. 분주히 움직이던 손이 잠깐 멎는다. 나는 카세트를 마지막으로 틀어 본다. 할아버지가 가장 좋아했던 노래가 흘러나온다.

인생은 나그네길. 어디서 왔다가 어디로 가는가.

할아버지가 감은 눈을 뜨지 않던 그날, 아무리 불러도 형체 없는 침묵만이 돌아오던 그 병실을 떠올린다. 조용히 흩어지던 할아버지의 말들을.

칠십삼 년 뼈 빠지게 산 최용남이 남는다고. 인생 끝에 혼자 우두커니 남는다고.

카세트를 빼낸다. 목도리와 모자와 함께 50리터 쓰레기봉투에 담는다. 칠십삼 년 생애 동안 최용남이 애지중지했던 것들이 최용남이 가장 아끼던 손주놈 손끝에서 버려진다.

　그렇게 하나도 빠짐없이 버리고 있는데 못 보던 종이가 놓여 있다. 고이 접혀서는 할아버지 서랍 깊숙한 곳에 덩그러니. 나는 종이를 읽기 시작한다. 할아버지의 유서다.

　삶은 죽어 가는 과정이고, 죽음은 삶의 결실이니,
　사는 것을 후회할 필요 없고, 죽는 것을 슬퍼할 필요 없다.
　그러니 세상에서 가장 소중한 나의 보물아.
　슬퍼 말아라.

　나는 종이를 붙들고 할아버지를 떠올린다. 할아버지가 내게 어떤 존재였는지 부단히 가슴에 되묻는다.
　부모이자 친구이고, 기쁨이자 행복이며, 흠이다. 나의 해묵은 열등감, 그게 할아버지다.
　아니, 아니다. 나는 할아버지를 다시 정의한다.
　사랑이다.

7.

　아무것도 남지 않은 방에 나 혼자 가만히 앉아만 있는다. 시간의 흐름이 급격히 더디어진다. 나는 어느덧 말하는 법도 잊는다.

나는 거의 큰사람이 되었는데, 아주 무겁고 더러운 사람이 코 앞이었는데.

할아버지, 나는 이제야 힘이 생기려 했는데.

그런 생각을 주체할 수가 없어 집 밖으로 뛰쳐나간다. 허우적거리며 거리를 내달리는데 누군가가 나를 붙잡고는 팸플릿을 내민다.

"하늘에 계신 아버지는 당신을 사랑하셔요."

등을 돌린다. 천천히 입이 벌어진다.

그걸로는 안 돼요. 그것만으론 채워지지 않아요. 그따위 허상으로는, 나는.

하늘이 아니라 땅을 딛고 말해 줬으면 좋겠어. 우렁찬 목소리로 우리 손주, 하고 안아 주면서.

나 같은 것도 살아갈 자격이 있는 사람이라고.

8.

언제 어디서나 할아버지를 떠올린다. 할아버지가 좋아했던 노래를 듣고, 바둑 채널을 틀고. 나는 정신없이 할아버지를 생각하다가,

"윤수야."

하고 누가 부르기에 뒤돌아선다. 선생님이다. 선생님은 내게 장

례 잘 치렀냐고는 묻지 않고 그냥 밥은 먹었냐고 묻는다. 나는 고개를 가로젓는다. 그러자 선생님은 교무실 물건을 담아 놓은 상자 속에서 과자 한 묶음을 꺼낸다. 나는 쉽사리 받지 못하고 입을 연다.

"저는 지금껏 허튼 노력만 했나 봐요."

그랬더니 선생님이 너는 최선을 다했다고 도닥인다.

하지만 선생님, 저는 왜 자꾸 후회를 할까요.

9.

수업이 끝나고 선생님이 교탁 앞에서 마지막 인사를 한다. 그동안 고마웠고, 방학 잘 보내라고. 다음 학기부터는 수학 선생님이 담임을 맡아 주실 거란다. 아이들은 건조하게 고개를 끄덕인다. 나는 선생님 얼굴을 차마 바라보지 못하고 창밖만 본다. 해가 내리쬔다. 무덥다. 어느덧 한여름이다. 잎들은 무성해지고 거리는 푸르러진다.

그럴수록 조급하고 다급하고 불안한 생각이 꼬리에 꼬리를 물고, 나는 이토록 힘겹게 세상을 살아가고 있는데.

세상은, 내 생각 따윈 조금도 하지 않아.

10.

할아버지가 전단지를 나누어 주던 역 앞에서 멈춘다. 기다리는 사람도 없는데 발길이 떨어지지 않는다. 멍하니 선 내 위로 빗물이 뚝 떨어진다. 예보에 없던 소나기다. 사람들이 혼비백산하여 역내로 뛰어 들어간다. 나는 흙탕물 고인 땅바닥에 쭈그려 앉는다. 앉아서 찰박찰박 발소리를 듣다가 그만 그리워진다. 그리워져서 울분에 찬다.

나는 비에 발소리에 열차에 온갖 것에 울분을 토하다가, 열렬히 속으로만 그 짓거리를 하다가, 이 빗속에서 우산 없는 사람은 나뿐이라는 것을 깨닫는다. 이미 나는 흠뻑 젖어 있다.

번개가 번쩍이고 천둥이 치는 가운데 살갗은 차갑고 심장은 뜨겁다. 머리는 어지럽고 기분은 붕 떠서 하하 웃는다. 나락이다.

나락에서 누군가를 발견한다. 누군가도 나를 발견한다. 권이철이다. 멍투성이인 얼굴로 뭘 꼬나보냐고 악에 받쳐 소리를 지른다. 꽁초도 던지고 쓰레기도 걷어찬다. 그러다 지 아버지한테 얻어터져서 시퍼런 입술을 짓이기며 자기 꼴이 우습냐고 그런다. 나는 대답 대신 너는 후회 안 하냐고 묻는다.

"내가 뭘 후회해야 되는데."

그 말을 듣고 나는 실없이 웃는다. 낄낄거리며 입을 뗀다.

"후회도 못 하는 덜떨어진 새끼. 그러니까 너도 그따위 인생인 거야."

그러자 권이철이 내게 달려온다. 멱살을 쥐고 주먹 드는 앞에서 나는 두 팔을 활짝 벌리고 흠뻑 웃는다. 그래. 차라리 싸움이라도 하고 싶었다.

하지만 권이철이 싱겁게 주먹을 내린다. 나를 무슨 개 보듯 바라보다가 미친놈, 그러고는 나를 두고 가 버린다.

11.

내가 미쳤다고.

허공에 대고 실컷 비웃다가 집에 우편물이 와 있어서 펴 보니 이천만 원이 지급되었단다. 할아버지 목숨값이다. 자그마치 이천인데, 그동안의 치료비니 입원비니 하는 것들이 이천의 곱절은 나와서, 결국 할아버지 인생은 적자였다. 나는 종이 쪼가리를 구긴다. 구기는데 또 웃음이 멈추지를 않는다.

웃으며 베란다로 걸음을 옮긴다.

창문을 연다. 바람이 거세다. 두 팔을 활짝 벌린다. 등에서 날개가 피어난 것 같다.

행복해지기 위해 한 발 다가선다. 눈앞에 달이 있다. 찬란하고, 황홀하려다가,

컹컹컹컹.

개새끼가 미친 듯이 짖는다. 기분을 잡친다. 어쩔 수 없이 난간 앞에서 뒤돈다.

12.

베란다에서 하루를 꼬박 새웠더니 아침부터 기침이 나온다. 시체처럼 누워 있는데 초인종이 울린다. 나는 휘청휘청 일어선다.

문을 연다. 무슨 냄새가 난다. 김치찌개 냄새. 옆집 아줌마가 작은 냄비 하나를 들고 서 있다. 아줌마는 내 품에 냄비를 안겨 주며 뭐라고 주절댄다. 할아버지 돌아가셨다는 말 들었다고. 엄마가 나 잘 있나 좀 들여다봐 달라고 부탁했다고. 그런데 어젯밤 창문 앞에서 뽀삐가 계속 짖었다고. 사람이 거기 있다는 듯 계속.

아줌마는 쉬지 않고 말을 쏟아 내다가 어머, 내 정신 좀 봐, 그러더니 찌개 식는다고 얼른 들어가란다. 그러고선 자기가 먼저 쏙 들어가 버린다.

나는 냄비를 부둥켜안고 천천히 거실로 들어간다. 뚜껑을 열고 모락모락 나는 김을 빤히 바라보다가 숟가락을 들고 한 입.

뚝.

눈을 비비고, 정신을 차린 다음 중얼거린다.

국이 왜 이렇게 짜.

13.

깨끗이 씻은 냄비를 들고 옆집 앞에 선다. 초인종을 누른다. 안에서 아줌마가 나온다. 뽀삐도 나온다. 컹컹 지랄 염병을 떨며 내 주위를 뱅뱅 맴돌더니 냄새를 맡는다. 나는 뽀삐를 한 발로 슬쩍 밀고 아줌마에게 냄비를 건넨다.

아줌마는 벌써 다 먹었냐며 왕년에 식당에서 일하던 솜씨가 아직 죽지 않았다고 기뻐한다. 돈만 조금 더 생기면 식당을 차릴 거란다. 누가 자기 음식 먹어 주는 게 그렇게 좋다고. 그러면서 나보고 너는 꿈이 무어냐고 묻길래 답한다.

"행복이요."

저는 행복하고 싶었어요. 그래서 착하게 지내고, 못되게 지내고, 분명 최선을 다했는데.

아줌마는 영문도 모르면서 나를 응원한다. 힘내, 그러고선 뽀삐를 안고 집에 들어간다. 나는 닫힌 현관문 앞에 우두커니 선다.

14.

실은 나도 안다. 내 행복은 저 앞에 없다. 이미 지나온 곳에 있다. 세 식구가 화목하던 시절, 할아버지가 건강하던 시절.
그 시절로는 다시 되돌아갈 수 없다.

15.

현관 벽에 기대어 서서 온종일 무엇이 잘못된 건지 생각해 본다.

무엇이 잘못되어 나는 소중한 것들을 하나씩 잃어 가는 것인지. 내가 잘못된 것인지 세상이 잘못된 것인지.

헛되이 잘잘못만 따지던 중에 날이 저문다. 나는, 잘잘못 따위는 없어도 인생이란 게 원래 그런 법일지도 모르겠다고, 소중한 것을 하나씩 잃어 가는 것이 인생이라고, 허무한 답만 내려놓고 노을을 본다.

16.

해가 완전히 졌다. 눈꺼풀이 무겁다. 움직임은 둔하고 몸은 늘어진다. 하지만 여전히 잠은 오지 않는다. 하늘은 어둡다. 가만히 별들을 본다. 별들은 조금씩 움직인다. 동쪽에서 떠서 남쪽 하늘을 거쳐 서쪽으로 진다. 사람도 그렇다. 떴다가 져 버린다. 순식간에 져 버린다. 눈 깜짝할 새 모든 게 어긋난다.

몸을 일으킨다. 그대로 현관을 나선다. 넋 놓고 걸음을 옮긴다. 요새 들어선 시간을 되돌리고 싶다는 생각만 한다. 믿지도 않던 기적을 바라며 별에게 소원을 빈다.

내게 행복을 돌려줘요. 제발.

그러고 섰는데 공원 한가운데다.

공원은 어스름하고, 평상에는 바둑판이 가지런하다. 참 오랜만에 바둑판을 본 나는 침음한다.

"최용남이 손주!"

할아버지 이름이 들린다. 나는 천천히 뒤돈다. 할아버지 친구였던 노인이 정돈되지 않은 수염을 더듬거리며 맨발로 다가온다. 노인은 내게 할아버지는 어디 있냐고 묻는다. 엊그제 분명 만나기로 약속했다고. 할아버지는 이 주 전 돌아가셨는데 그런다. 나는 차마 떨어지지 않는 입을 열어 할아버지는 죽었다고 말한다.

노인 얼굴이 사색이 된다. 노인이 울먹이며 중얼거린다.

"기억이 안 나. 점점 사라져 부러. 오늘이 사라지고 어제가 사라지고. 병원에선 치매라 그러던디."

노인이 내게 몸을 기댄다. 노인한테서도 약 냄새가 난다. 익숙한, 서러운 약 냄새.

"이젠 여기가 어딘지도 모르게 되어 부러."

왜인지 울컥하여, 나도 모르게 입을 연다.

"저도 제가 왜 여기 있는지 모르겠어요."

입을 열수록 나는 서서히 희미해진다.

"인생은 하나씩 잃어 가는 과정인가 봐요. 저는 모든 것을 이뤄 내고 싶었는데, 아무것도 이루지 못하고, 이렇게 잃어 가기만

해요."

나는 쓸모없는 말만 뱉다가 종국엔 같잖은 소리를 하곤 고꾸라진다. 내가 꼴사납게 고꾸라져 있자 노인은 두 손으로 내 어깨를 쥐고 쫙 편다. 내 뺨도 꼬집어서는 주름 하나 없게 쭉 늘린다. 노인은 제대로 기억하지도 못하면서 예전과 똑같은 말을 한다.

"구겨지지 말어."

나는 노인을 본다. 노인이 검지를 든다.

"인생은 구기는 것이 아녀."

쿡. 가슴을 찌른다.

"펼치는 것이지."

17.

펼친다는 건 무얼까. 걸음을 멈추고 전신주 아래에 앉는다. 가로등 불빛이 번쩍번쩍한다. 벌레 떼가 등불에 달려든다. 제 한 몸 타는 것도 모르고 달려든다. 노란 전등 아래에는 옛적에 타죽은 벌레 시체가 득실득실하다.

나는 그저 환하기만 한 가로등 불빛을 물끄러미 바라본다. 저 벌레들이 꼭 나와 같다는 생각을 한다.

나도 번쩍이고 싶었다. 그래서 번쩍이는 것들에 몸을 던졌다. 노랗고 빛나는 것들. 비싸고 무거운 것들.

그런 것들로 온몸을 치장하고 나니 나는 더욱 구겨져서, 내가 정말 버려야 하는 것들은 어쩌면, 나도 아니고 추억도 아니고 사랑도 아니고.

나는 무릎을 짚고 천천히 일어서서, 샛노란 머리끝을 매만진다.

타죽은 벌레가 어깨 위로 떨어진다.

18.

집으로 돌아와선 머리를 검게 물들인다. 서툰 손길로 세면대 앞에서 약을 덧바른다. 노란 부분이 이제 고작 한 줌 남았다. 나는 조금 멈칫한다.

노란 것이 아주 아이돌이 되어 부렀다고. 그리 소리치던 할아버지가 생각난다.

다시 빗을 쥔다. 전부 까맣게 덮어 버린다. 그리고 삼십 분을 기다리며 참 많은 생각을 한다.

할아버지가 손수 바른 꽃무늬 벽지. 곰팡내 나는 이불. 기침 소리. 약 냄새.

큰사람이 되어라.

아니다. 싹바가지 없는 놈이 되어라.

윤수야. 행복한 놈이 되어라.

그러고는 할아버지 웃는 얼굴이 떠올라서, 나는 두 주먹을 꽉 쥐고, 운다. 내 울음소리에 옆집서 뽀삐놈도 울어 댄다. 그럼 나는 더욱 큰 소리로 울고, 눈물이 나오지 않는 지경에 이르러 문득 거울을 보니, 거기에 할아버지가 있다.

눈두덩이는 짓무르고 입술은 말라비틀어지고, 그렇지만, 분명 할아버지와 닮은 내가 있다.

19.

버스를 탄다. 듬성듬성 앉은 승객들을 지나쳐 맨 뒷자리에 앉는다.

버스는 잘 포장된 고속도로를 달리다가 이윽고 시골길에 접어들고 나는 버스와 함께 덜컹인다. 속은 울렁대고 마음도 넘실넘실 파도처럼 술렁인다.

때마침 바다가 보인다. 차창을 조금 연다. 소금기 서린 바닷바람이 불어온다. 햇살은 쨍쨍하고 바다는 청명하다.

하차 벨을 누른다. 운전기사는 작은 정거장에 나를 내려놓는다. 정거장에는 사람이 없다. 나는 홀로 정거장을 나선다. 한 걸음 한 걸음 옮길수록 짠 내가 난다.

어느덧 눈앞이 파랗다. 발밑도 파랗고 머리 위도 파랗다. 파도가 밀려오고 새하얀 물거품이 내 발끝을 적신다. 물빛이 일렁인다. 나는 멀리 깊은 바다를 본다. 아득하도록 검다. 저 밑에는 무엇이 살고 있을지 나의 빈약한 상상력으로는 알 수 없다. 다만 내가 아는 단 하나의 사실은 저 밑에 할아버지가 있다는 것이다.

파도 소리가 귓가를 간질인다. 할아버지가 속닥이는 소리가 들리는 것만 같다.

사람은, 잃고 나서야 소중함을 깨닫고 후회를 한다.

지금 내가 후회하는 이유가 소중한 것을 잃었기 때문이라면, 사람이 죽을 때까지 후회를 한다는 건 죽는 순간에조차 소중한 것이 남아 있다는 증거다.

인생은 잃고 또 잃는 과정의 연속이지만 죽는 순간까지도 영원히 남아 있는 게 있다. 그건 돈도 아니고 힘도 아니고, 나.

내가 남아 있다. 칠십삼 년 최용남이 인생 끝엔 최용남이가 있고, 네게는 네가 남아 있다.

나는 그 속닥임을 들으며 지나간 순간을 하나둘 떠올린다.

"삶이 항시 탐스럽지는 않어."

할아버지는 마지막 전화로 내게 이렇게 말했다.

"근디 거참 신기허지. 보잘것없을수록 질겨진다. 질겨져서 풍파를 견디고 지금 여기 남아 있다."

할아버지의 말들이 내 안으로 밀려 들어온다. 나는 조금씩 깨닫는다.

"비록 내 꼬라지는 이리 하찮지만 말이다, 쎄빠지게 살아도 녹록잖았지만, 그래두."

마지막을 암시하는 것 같던 할아버지의 말들, 내겐 괴롭고 쓰라
리기만 했던 것들이,

"나 최용남이 인생은 하찮지 않아. 그러니 이만하면 되었다."

할아버지 인생의 프라이드였다는 걸.

20.

수평선 너머로 저무는 해를 보며 처음으로 나에 대해 생각해
본다. 남들이 바라보는 내가 아니라, 진짜 나에 대해.

나는 나를 잘 모른다. 내가 무엇을 좋아하는지도, 무엇을 원하
는지도 모른다. 하지만 이것만큼은 확실하다.

나는 정말 열심히 살았어. 숨 막히게 최선을 다했어. 이 고통을
아는 사람은 나밖에 없어.

그러니 타인은 나를 증명할 수 없어. 신조차도 나를 증명할 수
없어. 나를 증명할 수 있는 건 나밖에 없어.

이게 나의 프라이드야.

21.

집으로 돌아가는 버스에서 차창을 연다. 밤바람이 들어온다.

밤바람을 맞으며 웅크렸던 몸을 펴고, 숨을 크게 마신다. 갈비

뼈가 위로 올라간다. 가슴에 숨이 차오른다.

천천히 뱉는다. 내 안에서 숨이 빠져나간다. 나는 쪼그라들고 다시 펼쳐진다.

무릇 삶이라는 것도 숨처럼 구겨졌다 펼쳐졌다 하는 것일지도 모른다. 그렇다면 나는 구겨지는 것을 슬퍼하기보다는 결심을 하기로 했다.

22.

달빛을 따라 공원에 간다. 공원에는 아무도 없고 간간이 풀벌레 소리만 들린다. 평상은 서늘하다. 나는 바둑판으로 다가가 떨리는 손으로 바둑돌을 쥔다. 그리고 판의 제일 가장자리에 놓는다.

이로써 나는 힘과 돈, 욕망, 그리고 행복, 그 모두에게,

불계패를 선언한다.

제5국
신의 한 수

1.

눈을 감는다. 은근한 약 냄새. 숨죽인 울음소리. 행복해지라는 속삭임. 늘상 반복되던 악몽 속을 헤집고 들어간다. 가장 깊은 곳까지. 그곳에서 과거의 나를 본다. 모든 것을 가지고 싶었지만 이미 전부 가지고 있었던 시절의 나를.

나는 내게 입을 열어 부럽다고 하려다, 고맙다고 한다.

네가 있어서 충분히 욕망했고 원망했고 분개했고 슬퍼했으며 행복했다고.

그랬더니 나는 흔적도 없이 녹아내려서, 오랜만에 푹 잤다.

2.

개운하게 눈을 떴다. 몸을 일으키는데 배에서 꼬르륵 소리가 났다. 새삼스러운 허기를 느꼈다. 이제껏 느껴 본 적이 없는 종류의 허기였다. 주린 배를 붙잡고 흰 쌀을 가득 담아 씻었다. 쌀을 안치는데 때마침 초인종이 울렸다. 나는 까치집을 헤집으며 문을 열었다. 옆집 아줌마였다. 아줌마가 아침 댓바람부터 냄비를 안겨 주었다. 아줌마는 지난번 이후로 종종 이렇게 국을 끓여다 주었다. 오늘은 뭇국이라고 아줌마가 말했다. 뽀삐놈은 내 주변을 빙빙 돌았다. 다행히 전처럼 바짓단을 물어뜯지는 않았다. 안도의 한숨을 쉬며 냄비를 받았다. 하지만 아줌마는 집에 들어가지 않고 나를 빤히 바라봤다. 왜요? 하고 물어도 답이 없더니 많이 먹으라는 말 한마디만 남기고 들어가 버렸다.

그리고 뭇국은 또 엄청 짰다. 역시 아줌마는 음식점은 차리면 안 될 것 같다.

3.

얼마 지나지 않아 누가 또 문을 두드리길래 나갔더니 아줌마였다. 밥 다 먹었냐고 물어서 그렇다고 했더니 아줌마는 별안간 나에게 줄을 내밀었다. 줄 끝에는 뽀삐가 있었다. 밥값으로 네가 얘

좀 산책시키랬다. 내가 얼타서 뽀삐 줄을 붙들고 서 있는 사이에 아줌마가 쌩 문을 닫아 버렸다. 뽀삐는 내 주위를 뱅뱅 돌다가 복도에 오줌을 쌌다. 눈앞이 노래졌다.

아니나 다를까 뽀삐 이 자식은 순전히 제멋대로였다. 지가 가고 싶은 길만 골라 가고 가기 싫으면 도로 한가운데에서도 주저앉아 도통 움직이지를 않았다. 오죽하면 길 가던 남자가 세상천지에 저런 고집 센 녀석은 처음 본다고 한마디 하기까지 했다. 뽀삐는 지 험담은 기가 막히게 알아듣고는 남자에게 짖어 대며 온갖 생쇼를 했다. 내가 제발 좀 얌전히 있으라고 혼도 내고 빌어 봐도 온종일 그랬다. 그런데 간식 하나 던져 줬더니 언제 그랬냐는 듯 생쇼를 멈추고 돌연 내 다리에 지 얼굴을 부볐다. 개털이 바짓단에 엄청 붙었다. 어이가 없었다. 나중에 개는 절대 안 키워야지.

4.

뽀삐놈 때문에 거진 실신한 꼴로 옆집 문을 두드린다. 문이 열리자마자 아줌마 손에 목줄을 내동댕이치듯 넘기곤 헉헉댄다. 아줌마는 땀범벅이 된 나에게 이렇게 말한다.

"뽀삐 요거 성질이 보통이 아니지?"

나는 열렬히 고개를 끄덕인다.

"성질이 개같아요."

아줌마는 그럼 개니까 개같지, 하며 호호 웃더니 또 묻는다.

"힘들어서 아무 생각도 안 들지?"

"생각을 할 겨를도 안 줘요."

그랬더니 아줌마가 이런다.

"그렇게 시간이 흐르는 거야. 시간이 흐르면 다 나아지게 돼 있어. 그리고 너는 아직 젊잖아."

그러고 아줌마는 후딱 문을 닫아 버린다. 졸지에 나는 홀로 복도에 남겨진다.

5.

시간이 흐르면 다 나아진다고.

하지만 온전했던 처음으로는 영영 되돌아갈 수 없는데, 하고 생각하다가 텔레비전을 켠다. 무의식적으로 누른 채널 번호에 바둑 방송이 뜬다. 내 또래만 한 애들이 프로 기사라며 대국을 하고 있다.

곧바로 텔레비전을 끈다. 불 꺼진 화면에 내 얼굴이 비친다. 아까 그 얼굴들처럼 앳된데 그 얼굴들은 세상에 있고 나는 홀로 방구석에 있다. 나는 잠시간 무력해진다.

그러다 고개를 젓는다. 찬찬히 눈을 감으며 시간이 흐르면 나아진다고 곱씹는다. 나는 아직 젊고 시간이 흐르면 강산이 변하듯 나도 변하여 반드시 나아질 거라고. 그리고 내가 하지 못하는 것들이 아닌 내가 할 수 있는 것들을 생각한다.

나는 맛있는 밥을 먹을 수 있다. 아침 햇살을 맞으며 달음박질을 할 수 있다. 심호흡을 할 수 있고, 아름다운 노랫소리를 들을 수 있다. 목청껏 소리칠 수도 있고 밤하늘을 올려다볼 수도 있다. 멋진 대국 한 판에 심취할 수도 있고 직접 돌을 둘 수도 있다.

그런 자잘한 일들을 세다 보니 가슴이 뻐근해진다.

나는 아직도 이렇게나 많은 것들을 할 수 있다.

6.

천천히 일상을 되찾는다.

아침 일찍 눈을 뜨곤 운동하러 간다. 팔을 위로 쭉 뻗어 왼쪽으로 한 번 오른쪽으로 한 번. 발목도 두어 바퀴 돌리고 준비되었으면 운동복을 입은 사람들 사이에서 달린다. 핫둘 핫둘 구호를 맞춘다. 달리면서 아는 얼굴을 몇몇 마주친다. 같은 반 아이들이다. 공원 끝자락에서는 권이수를 본다. 권이수는 나를 보고서도 못 본 척 고개를 돌린다. 나도 권이수를 못 본 척하고 계속 뛴다. 뛰면서 오롯이 숨 쉬는 것에만 집중한다.

한 바퀴 돌고 옷소매로 땀을 닦으며 보니 다시 그 자리다. 다만 아무도 없다. 권이수가 있던 자리에는 거의 새것이나 다름없는

꽁초와 라이터만 남아 있다.

7.

간만에 내 방을 정리한다. 먼지가 쌓인 책장을 닦고, 책상 위에 널려 있던 시험지와 성적표를 한데 모아 꽂는다. 옛적에 썼던 진로 조사표가 종이 사이에서 툭 떨어진다. 나는 떨어진 것을 주워 든다. 한때는 집념이었고 한때는 미련이었던 것을 조심스레 챙겨 주머니에 넣는다.

덮어 두었던 책들을 펼친다. 다시 공부를 시작한다. 그러다 우연찮게 손톱을 본다. 손등도 보고 팔목도 본다. 혼자서 깨물고 긁고 뜯어 생긴 피딱지가 아직도 지지 않아 누런 흉터가 되었다. 전부 내가 만든 것이다. 그리하여 나는 내게 아주 나쁜 사람이다.

펜을 내려놓고 흉을 매만진다. 오돌토돌하다. 이제 와 매끄러운 새살이 돋을 리는 없다. 그럼에도 처음으로 스스로에게 이 말을 꺼내 본다.

미안해.

그랬더니 늘상 있던 가려움이 멎었다.

8.

코에 감돌던 장례식 향내가 조금 옅어졌다. 공부에 집중하다 보면 시간이 빨리 가는 것 같다. 문제집을 몇 권 더 살까 하여 중고 거래 앱에 들어간다. 새거라는데 무척 싼 가격에 올라와 있다. 판매자와 연락하여 약속을 잡는다. 지금 공원에 오면 건네준단다.

공원에는 언젠가 한 번 타 본 오토바이가 있다. 그 앞에 권이수가 노끈에 묶인 문제집을 들고 서 있다. 뒷걸음질 치다가 권이수와 눈이 마주친다. 권이수는 제자리에 문제집을 내려놓는다. 나는 애매하게 거리를 벌리고 서서 만 원짜리 한 장을 내민다. 권이수는 잽싸게 돈을 채 간다. 나도 잽싸게 문제집을 드는데 노끈이 풀리고 책이 떨어진다. 일순 숨이 멎는다.

잠시 후 권이수가 먼저 책을 주워 내게 건네준다. 말도 건다. 자긴 곧 미국 가서 쓸 일 없다고, 열공하란다. 나는 멋쩍어서 어, 어. 권이수는 또다시 입을 연다. 자기 담배 이제 끊었다고. 나는 "잘됐네." 그 한마디만 한다.

다시 침묵이 흐른다. 할 말을 다 한 권이수가 내게서 성큼성큼 멀어진다. 그 뒷모습을 보고 있으니 어쩐지 조바심이 난다.

나는 "야!" 하고 일난 소리친다. 권이수가 멈춘다.

"그동안 재미있었다!"

그러자 권이수가 고개를 푹 숙인다. 나는 당황하여 아무 말이나 내지른다.

"우냐?"

그랬더니 권이수가 고개를 쳐든다. 우냐 한 마디에 백 마디가 돌아온다.

"시끄러워, 새꺄. 내가 미쳤냐? 울게. 헛소리 말고 니 갈 길이나 가라. 니가 언제 나한테 신경 썼다고. 재수 없는 자식. 개빡치게 진짜."

그러고선 권이수는 훌훌 떠나 버린다. 나는 권이수가 떠난 자리를 보다가 책을 들고 걷는다. 발걸음이 가볍다.

집에 와서 책을 들추니 진짜 새거다. 접힌 자국 하나 없다. 이 자식 미국 가서 말 한마디나 제대로 할 수 있을지 모르겠다.

9.

기지개를 켜고 권이수에게서 산 문제집을 덮는다. 공부하느라 계속 앉아만 있었더니 허리가 찌뿌둥하다. 그래도 벌써 반이나 풀었다. 가벼운 스트레칭을 하며 텔레비전을 켠다. 대국이 한창이다. 프로 기사와 인공 지능이 맞붙었던 화제의 대국이다. 이번 대국에서 백을 잡은 프로 기사는 수세에 몰려 있다. 이번에도 승률은 인공 지능이 앞선다. 흑은 상변과 좌변에 이미 거대한 집을 확보한 채다. 어쩌면 인류는 1승도 확보하지 못할 수도 있겠다, 싶은 때 백이 자리를 잡는다. 중앙에 늘어선 흑돌들, 그 사이 한가운데. 일부러 흑의 세력 한복판으로 몸을 던졌다.

그리고 다음 수. 이변이 발생한다. 허둥대던 흑이 무른 한 수를 둔다. 프로 기사의 승률이 급격히 치솟는다. 판도가 뒤바뀐다. 끝끝내 백이 역전승을 거둔다. 박수와 함성과 스포트라이트. 사람들이 탄성을 지른다.

신의 한 수.

그 말에 나는 흑돌 사이에 갇혀 있던 나의 수많은 순간들을 떠올리다가, 신의 한 수, 읊조린다.

10.

문득 그런 생각이 든다. 힘겹게 견뎌 왔던 지난 세월이, 모두 내 생의 신의 한 수였다면.

사람이 성장하기 위해서는 결핍해야 할지도 모른다. 결핍하여 열등감에 찌들고, 깨지고, 잃어버리고, 그리고 멈춰 서고.

나는 잠시 멈춰 서서 갓길에 선 낯익은 검은 외제차를 본다. 예기치 못하게 차에서 내리는 노란 머리를 마주한다. 곧 차는 떠나고 노란 머리는 반창고가 덕지덕지 붙은 팔뚝을 등 뒤로 가리며 나보고 비키라고 한다. 나는 비키는 대신 노란 머리에게 인사를 건넨다. 너 미국 간다고 들었다고. 노란 머리는 오만상을 찌푸린다. 나는 잘 가라는 말이 하고 싶었을 뿐이라고 덧붙인다.

그랬더니 노란 머리는 나보고 위선 작작 떨라고 소리를 지른다. 길 가던 사람들이 다 쳐다보아도 아랑곳하지 않고 자긴 내가 정말 싫단다. 기생오라비처럼 생겨 가지고 착한 척 반듯한 척 선생님과 애들에게 아양 떠는 모습에 치가 떨렸단다. 그러면서 호구, 위선자, 난쟁이, 개새끼 기타 등등을 차례로 내뱉으며 너는 불쌍한 새끼라고 종결 맺는다.

나는 곰곰이 생각하다가 네 말이 맞다고 한다. 네 말대로 나는 호구에 위선자고, 우리 할아버지는 난쟁이이며 나는 가끔 개새끼마냥 회까닥한다고.

그러고는 어안이 벙벙한 노란 머리에게,

"지금 와 생각하면 너는 그런 나를 이기고 싶었던 것 같아. 내가 받은 신뢰와 애정을 너는 받지 못했으니까. 하지만 그 신뢰와 애정은 네가 무시하는 내 난쟁이 할아버지와 가난한 엄마에게 받은 것이어서, 결국 너는 처음부터 나를 이길 수 없었어. 이 불쌍한 자식아."

그랬더니 노란 머리가 요상한 표정을 지으며 내게 꺼져 버리라고 한다. 나는 군말 없이 노란 머리 앞에서 순순히 꺼져 준다.

하지만 노란 머리는 계속 그곳에 서 있다. 계속 계속 거기 서서 날 본다.

11.

골목을 지나 언덕을 오른다. 오르다 보면 나는 점점 기울어진다. 내 발밑이 기울어서인지 내가 기울어서인지 알 수가 없다. 그러나 확실하게 우리 집은 기울었다. 비탈길 한가운데 기울어진 투룸이다. 방 두 개에서 셋이 살았는데 이제는 나 혼자뿐이다.

노란 머리는 평지에 있는 집에 살고 멋진 차도 있다. 부모와 형제와 친구들에게 둘러싸여 팡파르만 듣고 산다. 그런데 노란 머리도 혼자다. 노란 머리는 혼자서 혼자인 나를 보고 참으로 생경한 얼굴을 했다.

증오하고 시기하고,

동경하는 얼굴.

12.

하늘을 가로지르는 허연 비행운을 바라보다가 뽀삐 짖는 소리에 고개를 돌린다. 평상 위에 옹기종기 모인 노인들의 모습이 눈에 들어온다. 노인들은 활기차게 바둑을 두고 있다. 나는 뽀삐를 잡아끌고 저만치 비켜서서는 곁눈질로 흑돌 배돌이 어지러이 놓인 것을 본다.

한참을 보고만 있으니 모르는 노인이 날 붙든다. 그리 뚫어져라 보고 있지만 말고 대국 한 판 두자고 한다. 괜찮다고 사양하는 와중에 다른 노인들 말소리를 듣는다. 치매 걸린 노인에 대한 얘기다.

그 노인은 중증 치매 때문에 자기 아들도 알아보지 못하고 맨발로 거리를 떠돌았는데, 마지막 닷새는 온전한 정신으로 집안일도 하고, 정원 일도 하다가 낮잠 자며 세상을 떠났다고 했다.

"다들 그리 가는구먼."

나는 멈칫한다. 점점 슬퍼지려는데 노인들이 껄껄 웃는다.

"저승서 만나면 그 양반이랑 한 판 또 두어야지. 그땐 내가 아주 대승을 거둘 거여."

그러고는 노인들이 이어 돌을 둔다. 아주 세차게 둔다.

돌소리를 들으며 목줄을 쥔다. 크게 심호흡하고 입을 연다.

달리자.

그 한 마디에 뽀삐가 달린다. 나도 뒤따라 달린다. 아주 세차게 달린다.

13.

뽀삐를 옆집에 데려다 놓는데 아줌마가 수고했다며 내게 수박을 준다. 이거 먹이고 또 뽀삐 산책을 얼마나 시킬지 후환이 두려워 쉽사리 받지를 못하니 아줌마는 돌연 이번이 마지막이라고 한다.

방금 연락을 받았다고 한다. 드디어 사기 치고 튄 집주인을 잡았다고. 아줌마는 곧 보증금 돌려받고 이사를 간다고 한다.

수박이 담긴 접시를 든 채로 어정쩡하게 서서 굳는다. 아줌마는 내게 잘 지내라고 그런다. 나는 가까스로 입을 벌린다.

"아줌마도 잘 지내세요. 뽀삐도요."

그러고 조용히 돌아서려던 나를 아줌마가 붙잡는다. 꿈이 무어냐고. 아줌마는 전에 했던 질문을 다시 던진다. 나는 잠시 생각에 잠겼다가 대답한다.

"저는 자유로워질 거예요. 설령 아주 불행해진다 해도 좋으니 자유롭게 저만의 인생을 살 거예요."

아줌마는 마지막으로 환히 웃으며, 그거참 아름다운 꿈이라고 한다.

14.

수박을 베어 물며 창 앞에 앉는다. 바람결 따라 부딪히는 나뭇잎 소리가 파도와 닮았다. 헤어짐도 파도와 닮았다. 갑자기 휩쓸고 지나가 사람을 참 힘들게 만든다. 니는 휩쓸려서 휘청이기만 하고 도무지 똑바로 서 있지를 못한다. 그 와중에 또 개 소리는 들리고 짜증이 날 듯하면서도 또 아쉬워진다.

하지만 파도가 치면 휩쓸려야지. 휩쓸리며 파도를 알아 가야지. 그러다 보면 언젠가는 내가 파도를 타고 있겠지.

다시 수박을 한 입 크게 베어 문다.

15.

오늘따라 잠이 오질 않는다. 그새 뽀삐놈과 정이 들었나 보다. 지평선 너머에서 떠오르는 샛별을 보며 눈을 깜빡인다. 나는 가슴에 고이 묻어 두었던 할아버지의 유서를 생각한다.

사는 것을 후회하지 말고 죽는 것을 슬퍼하지 말라고.

하지만 정작 그 말을 남긴 할아버지는 꿈을 접고 후회한 것을, 더 살고 싶다며 슬퍼한 것을 나는 알고 있다. 나도 늘 후회하고 슬퍼하기만 한다.

그러므로 사람은 태초부터 후회하고 슬퍼하는 동물이다.

그럼에도 할아버지가 내게 후회 말고 슬퍼 말라 했던 까닭은, 그토록 불가능한 일을 내게 바랐던 까닭은,

할아버지가 나를 사랑했기 때문일 것이다.

16.

커튼을 열어젖히고 아침을 맞이한다. 라디오를 트는데 무척이

나 그리웠던 노래가 흘러나온다. 인생은 나그네길, 하고. 감상하던 중에 전화가 온다.

엄마에게서 온 전화다. 엄마는 곧 일을 마무리하고 집에 올 수 있다고 한다. 그러고는 아들이 보고 싶다고 생전 안 하던 소리를 하며 웃는다. 엄마가 웃는 소리를 들으니 갑자기 토마토가 먹고 싶어진다.

그리하여 동그랗고 빨간 방울토마토를 한 광주리 산다. 노인이 검은 비닐 속에 토마토를 가득 담는다. 덤이라고 조금 더 얹어 주기까지 한다. 봉지를 받자마자 토마토 한 알을 입에 넣는다. 혀끝으로 표면을 더듬다가 깨문다. 마음이 입안 가득 퍼진다. 아주 시큼해진다.

시큼한 채 걸음을 옮기다가 맞은편 빌라 앞에서 멈춰 선다. 나뭇가지는 부러져 있고 바닥에는 희미한 얼룩이 남았다. 그 풍경에 사는 게 슬프다 했던 사람을 떠올린다. 슬퍼서 이 아래로 몸을 던졌던 사람이다.

뒤돌아 정류장으로 다시 간다. 과일 파는 노인이 왜 도로 돌아왔냐고, 어디 가냐고 묻는다. 나는 병원이라 답한다. 그랬더니 노인이 많이 아파서 가냐고 묻는다. 나는 나아지러 간다고 한다. 노인은 꼭 나아질 거라고 말해 준다. 나는 조금 웃는다. 버스가 온다.

17.

병원 앞에서 내린다. 새하얀 복도를 걷는다. 똑똑 문을 두드린다. 구면인 얼굴이 나를 반갑게 맞이한다. 주온의 어머니다.

병문안 선물이라고 하기엔 소박하지만 방울토마토를 건네며 인사드린다. 주온의 어머니를 따라 병실 안으로 들어간다. 주온의 휴대폰에서는 예전 뉴스가 흘러나온다. 권이철 아버지가 기자 회견을 했던 바로 그 장면. 사람들 욕설과 기자들 질문, 플래시 소리가 울려 퍼진다. 그 화려한 소리를 들으며 주온의 옆에 앉는다. 주온은 영혼 나간 사람처럼 뉴스만 본다. 그사이 주온의 어머니는 깨끗한 접시에 토마토를 담아 탁상에 두고 병실을 나간다. 편히 대화를 나누라는 배려다.

나는 말없이 뉴스를 듣는다. 주온의 눈꺼풀이 조금 떨린다. 하지만 그뿐이다. 나는 홀로 입을 연다.

"걔네 다 미국에 갔어."

주온은 대답이 없다. 나는 말을 멈추지 않는다.

"우리는 돌아올 수 없는 순간을 살고 있어. 남을 위한 순간을 살지 마."

주온이 입술을 짓이긴다.

"너를 위한 순간을 살아."

여전히 대답이 없다. 나는 조용히 일어선다. 병실을 나가려고 등을 돌린다.

그 순간 주온이 읊조린다.

나를 위한 순간들은 행복하지가 않다고. 행복한 때보단 불행한 때가 훨씬 많고, 앞으로도 쭉 그럴 것 같다고.

그러면서 제 다리를, 아마 다신 걷지 못할 다리를 보다가 묻는다.

"행복하지 않은 삶에도 가치가 있어?"

그 말에 나는 얼마 전 져 버린 할아버지 인생을 떠올리고, 진즉에 져 버린 할머니 인생도 떠올리고, 당하기만 하는 우리 엄마 인생과 내 인생까지 떠올리곤 답한다.

"행복하지 않은 삶에도 가치가 있어."

그랬더니 주온은 고개를 들고, 숨을 크게 들이마신 다음, 토마토 한 알을 집어 입에 넣는다. 주온의 눈가가 토마토처럼 발갛게 물든다.

18.

병원에서 돌아오는 길에 밤하늘을 본다. 온통 까만 와중에 달만 하얗다. 호구 속의 백돌이다. 백돌이 휘영청 빛난다. 찬란한 백돌 아래서 고지서와 압류 통지서를 챙긴다. 녹슨 손잡이를 당겨 오래된 철문을 연다. 신발을 벗는데 달랑이던 밑창이 드디어 떨어진다. 내 인생은 아직도 이토록 어렵다.

하지만 밑창을 주워 들며 현관에서 못 보던 신발 한 켤레를 본
다. 이쪽으로 다가오는 발소리도.

두 팔을 뻗는다. 엄마 품에 그대로 안긴다.

19.

날아오른다. 꿈속임이 틀림없다. 그렇지 않고서는 내 양 날갯죽
지에 달린 거대한 날개를 설명할 수 없다.

내 것 아닌 날개에 이끌려 치솟는다. 더 빠르게 더 높이 유영한
다. 나는 지금 하늘에 있다. 오색 빛깔 구름 끝에서 할아버지가 손
짓한다. 돌아가신 이후로는 꿈에서조차 얼굴 한 번 안 비치던 할
아버지가 지금 여기 있다. 할아버지의 몸이 태양처럼 환히 빛난
다. 할아버지가 힘찬 목청을 뽑내며 내게 묻는다.

살다 보면 어둑한 순간도, 빛나는 순간도 있다. 하지만 나는 네
가 제일 빛나는 순간 속에만 머물기를 바랐다.

윤수야, 너는 지금 행복하느냐.

나는 두 팔을 벌린다. 날개를 떨쳐 버리고 스스로 저 아래를 향
해 날아오르며, 멀어져 가는 할아버지에게 답한다.

행복할 때보단 불행할 때가 더 많아.

하지만 할아버지,

나는 지금 인생을 살고 있어.

노랗다. 가을의 초입이다.

높은 하늘을 바라보다 바둑판 앞에 앉는다. 맞은편 노인이 흑이 좋으냐 백이 좋으냐 묻기에 백을 쥔다. 그렇게 맞바둑을 둔다.

노인이 먼저 돌을 둔다. 나도 돌을 둔다. 오랜만에 하는 대국이다. 나는 조금 긴장한다. 손끝이 차갑고, 몸은 떨린다. 검지와 중지 사이에서 뚝. 제멋대로 돌이 떨어진다.

아니나 다를까 금세 돌이 잡힌다. 호구. 내 돌이 호구 속에 들어갔나 보다. 노인이 돌을 집어 간다. 내 돌이 있던 곳이 뻥 뚫린다. 잃고 나니 두는 것이 망설여진다. 한 수 둘 때마다 장고를 하니 노인이 입을 연다.

"잃어뿌린 건 잃어뿌린 기지. 혹시 아나? 잃어뿌렸던 게 뿌라스가 되어 돌아올지. 그러니께 자꾸 생각하덜 말고 니 맘껏 둬라. 바둑은 끝날 때까지 끝난 게 아닝께."

맘껏 두라고. 그 말에 내 맘을 본다.

나는 호구다. 개자식이기도 하다. 겁쟁이에 위선자, 전부 나를 일컫는 말이다. 우유부단하고 예민하며 생각과 행동이 다르다. 과격하고 음침하다. 그런 주제에 욕심은 더럽게 많다. 작은 것 하나에도 목숨을 건다. 쉽게 사는 법 따위는 모른다. 그렇게 살았는데 아무것도 되지 못했다.

아무것도 되지 못했기에 무엇이든 될 수 있다.

나는 이제 내가 될 것이다.

나는 다시 심호흡하고 돌을 둔다. 손끝에 힘을 실어 탕, 기세 좋게 둔다.

그 대국은 내가 한 집 반 역전승했다.

나는 거절하는 법을 잘 알지 못한다. 말없이 멋쩍게 미소 짓는 것이 내가 할 수 있는 최대한의 거절이다. 최근 들어서는 거절의 말을 간신히 내뱉을 수 있게 되었지만, 역시 아직은 미숙하다. 나 같은 사람을 세간에서는 호구라 부르는 모양이다.

세상은 단단하지 않으면 살아남을 수 없는 곳이다. 그리하여 억지로 단단한 척하며 살아가다가 문득 의아해졌다. 왜 꼭 단단해야만 할까. 물렁한 그대로의 모습으로 살아갈 수는 없는 걸까. 역으로 물렁한 것이 나의 강점이 될 수 있지는 않을까. 애당초 산다는 것은 무엇일까. 나는 무엇을 위해 이렇게 아등바등 살아가고 있는 걸까.

소설의 초중반부에서는 선인이 의도적인 노력을 통하여 악인이 되는 이야기를 담고자 했다. 이른바 호구가 개자식이 되어 가는 과정이다. 그러나 선인과 악인으로 구분 짓기에는 사람은 너무나 입체적인 존재이다. 그러한 삶의 방식은 분명 어느 순간 한계에 부딪힌다. 할아버지는 유언으로 이렇게 남긴다.

무리하여 못되게 살지 않아도 된다. 일부러 착하게 살 필요도 없다. 행복한 놈이 되어라.

이 대사는 내 어머니께서 내게 해 주신 말씀이다. 아직까지 내 가슴속에 깊이 남아 있는 문장이기도 하다. 그러나 부끄럽지만, 나는 내 삶의 행복을 믿지 않는다. 행복이라는 순간적인 충만함만을 추구하며 살아가기에는 삶은 지독히 길고 비정하다. 나를 아끼는 사람들은 늘 내게 행복을 빌어 주지만, 나는 그것을 진심으로 긍정하지 못한다. 이 간극은 내게 있어 항상 죄악처럼 느껴졌다. 따라서 행복이라는 가치를 뛰어넘는, 나만의 삶의 이유를 찾아야 한다고 생각했다.

그리하여 소설의 중후반부에서는 더욱 본질적인 것들을 질문하고자 했다. '우리 삶의 목표는 정말 행복인가'라는 근본적인 질문에 관하여. 그리고 주인공 윤수는 마지막 장에서 자신만의 대답을 내놓는다. 힘과 돈, 욕망, 그리고 행복. 그 모두에게 불계패를 선언하며.

행복할 때보단 불행할 때가 더 많아. 하지만 할아버지, 나는 지금 인생을 살고 있어.

그러니 이 소설은 내게 있어 고해성사이자 선언이다. 행복하지 않아도 내 삶의 깊이를 추구하겠다는 내용의 선언.

윤수의 삶을 적어 내려가며 내 삶의 깊이가 더해지는 감각을 느꼈다. 이 깊이는 나 혼자만의 것이 아니다. 함께 윤수의 삶을 그리며 격려해 주신 김도연 편집자님께 감사 인사를 전한다. 이렇게 멋진 형태로『호구』를 선보이게 해 주신 창비와 윤수의 여정을 끝까지 따라와 주신 여러분께도 감사 인사를 전한다.

그리고 마지막으로 이 장을 빌려 어머니께 아주 사적인 인사를 전한다. 이 장에 언제쯤 도달하실지는 모르겠지만, 정말 감사합니다. 바라시는 것만큼 행복하지는 못하더라도 있는 힘껏 제 삶을 만끽하겠습니다. 사랑합니다.

2026년 봄

김민서

창비청소년문학 145

호구

초판 1쇄 발행 | 2026년 3월 6일

지은이 | 김민서
펴낸이 | 염종선
책임편집 | 김도연
조판 | 박아경
펴낸곳 | (주)창비
등록 | 1986년 8월 5일 제85호
주소 | 10881 경기도 파주시 회동길 184
전화 | 031-955-3333
팩스 | 영업 031-955-3399 편집 031-955-3400
홈페이지 | www.changbi.com
전자우편 | ya@changbi.com

ⓒ 김민서 2026
ISBN 978-89-364-5745-7 43810